セシル文庫

上司と婚約 Dream⁶

~男系大家族物語21~

日向唯稀

JN126317

イラストレーション／みずかねりょう

上司と婚約Dream6 〜男系大家族物語21〜 ◆目次

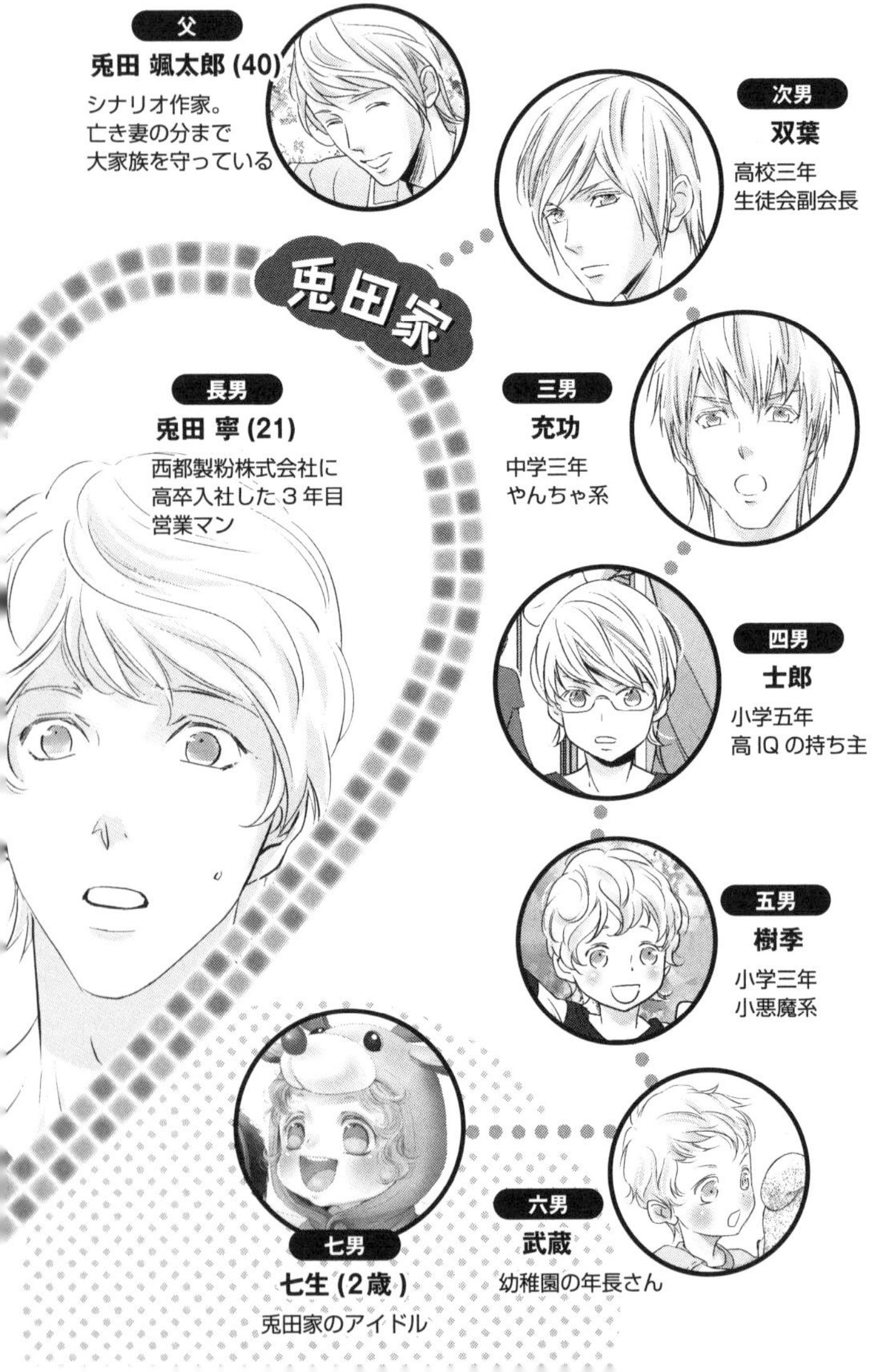
兎田家
父
兎田 颯太郎 (40)
シナリオ作家。
亡き妻の分まで
大家族を守っている
次男
双葉
高校三年
生徒会副会長
長男
兎田 寧 (21)
西都製粉株式会社に
高卒入社した３年目
営業マン
三男
充功
中学三年
やんちゃ系
四男
士郎
小学五年
高 IQ の持ち主
五男
樹季
小学三年
小悪魔系
六男
武蔵
幼稚園の年長さん
七男
七生 (2歳)
兎田家のアイドル

男系大家族 兎田家と それを取り巻く人々

獅子倉
カンザス支社の
業務部部長
鷲塚
寧の同期入社。
企画開発部所属
隼坂
双葉の同級生。
風紀委員長
鷹崎 貴 (31)
西都製粉株式会社の
営業部長。
姪のきららを
引き取っている
エリザベス
兎田家の隣家の犬。
実はオス
エイト&ナイト
エリザベスの子供
鷹崎きらら
幼稚園の年長さん
貴の姪
エンジェル
きららの飼い猫

上司と婚約

Dream 6

～男系大家族物語21～

プロローグ

四月も下旬に入った月曜日——まだ薄暗い早朝のことだった。

（ん？）

設定したスマートフォンのアラームも鳴っていないのに、俺こと兎田《とだ》寧《ひとし》は、頬に何かが当たって目が覚めた。

（んんん⁉）

なんだろうと思い横を向くと、目の前にはお尻？

室内全体が薄暗いので、最初はよくわからなかった。

しかし、この感触は間違いない。

パジャマのズボン越しでもわかるパフパフした紙オムツ——七生《ななお》のお尻だ。

「むにゃ〜っ」

昨夜、俺が帰宅したときには、すでに二階で寝ていたはずの七生がどうして一階の和室に——などと考える間もなく、寝返りを打たれる。

（うわっ！）

片足がドンと顎から胸元に乗ってきた。

多少のぷにぷに感はあるものの、日増しに逞しくなってきた。

もともと七生は歩くのが好きな一歳児だったし、そこは二歳になっても変わらない。

武蔵たちやエリザベス、今ではエイトたちも含めて一緒に遊びたくて、いつも一生懸命歩いて、走っているので、自然に足腰も鍛えられているのだろう。

それでも、まだまだ小さな手足を見ると、俺はクスっと笑ってしまいそうなのを堪えた。

足の裏をこちょこちょしたくなるが、これもグッと我慢だ。

（可愛い）

それにしても、上半身が布団から出ており、かなりアクロバティックな寝相《ねぞう》だ。

俺は起こさないように自分の上から七生の足をどかして、はみ出した身体を布団の中へそっと戻す。

「ん〜っ」

（——え？　七生だけじゃなかったのか）

だが、ここで俺は気がついた。

背中側には武蔵《むさし》が寝ており、さらにその向こうには完全に布団から飛び出している樹季《いつき》がいた。

二人とも自分の上掛けを持って下りたようで、それを身体に巻き付けて眠っている。

こうなると、夜中に七生が起きて、俺がいないとぐずったか何かしたのだろう。

それで樹季と武蔵が付き添って——。

（ということは、二階の子供部屋には士郎《しろう》だけ？）

いずれにしても、まだ起床までには時間があるはずだしな、と思っていたときだ。

廊下側の襖の向こうから、階段を下りてくる足音が聞こえた。

（——父さんかな？）

俺は、本来の起床時間が近いことを察した。

そうっと自分の身体を起こして、布団から抜ける。

そして、七生はそのまま寝かせて、大の字を書いて寝ていた武蔵の身体を布団の真ん中へ。はみ出した畳の上で丸まっていた樹季は、武蔵の隣へ寄せた。

まだ早いし、ここでギリギリまで寝かせておくことにしたんだ。

（これでよし。あ、そうだ）

三人並べた寝顔は、まさに天使！

自分で言うのもなんだが、今朝も俺のブラコンは絶好調だ。

そこからは、枕元で充電していたスマートフォンのアラームをオフにし、メール着信がないことを確認してから部屋を出た。

和室から繋がるリビングダイニングには、キッチンから鍋に水を溜める音が聞こえた。


「おはよう。父さん」

そう言って声をかけると、俺は父さんの立つキッチンへ入る。

ダブルシンクの片側に渡された水切り板には、玉子ひとパックに魚肉ソーセージが三本、切り置きしていた野菜セットの袋に五枚入りの油揚げとキノコミックスの袋が置かれている。

だが、普段に比べると量が少ない。

これは昨夜父さんが会いに行った仕事仲間さんたち——俺も仕事帰りに偶然会った——から、ホテル内にある高級和食処《どころ》の会席《かいせき》弁当をお土産《みやげ》にもらってきたからだ。

ご飯だけは、そのまま冷蔵庫では堅くなっちゃうから、個別に包んで冷凍庫へ入れたけど。今朝は、このお弁当のおかずがあるから、補足分くらいの量で済む。

朝食にするにはもったいないくらい超豪華だが、夜まで取っておくにはね――ってことで、これは寝る前に父さんと決めていた。

「おはよう、寧。もう目が覚めちゃったの？」

父さんは振り向きがてら、不思議そうに問いかけてくる。

昨夜は一緒に寝ていなかったから、七生が俺の部屋へ移動していたことには気づいていないようだ。

「いつの間にか一緒に寝ていたらしい七生の寝相がすごくて、起こされたんだ」

「――それは、災難だったね。と言いたいところだけど、寧にとっては悪くない目覚めだったのかな？」

それでも俺が事情を説明すると、クスッと笑った。

さすがは父さん。全部お見通しだ。

「まあ、ビックリしたけど。七生も武蔵も樹季も可愛い顔をして寝てたから。それよりこれは？」

「一応、目玉焼きと魚肉ソーセージの野菜炒め。あとは茸《きのこ》と油揚げのお味噌汁でいいかなと思ってるんだけど」

「そうだね。そうしたら、俺がソーセージと油揚げを切るから、父さんは目玉焼きをよろしくでいい？」

「了解」

俺は玉子パックを父さんに渡してから、先に油揚げを細切りにした。

そして、先ほど父さんが水を張って火に掛けていた大鍋の中に顆粒出汁《かりゅうだし》と油揚げ、キノコミックスを入れる。

その隣では父さんが、グリル専用調理容器の中にくっつかないホイルを敷いてから玉子を割り入れ、十個一度に弱火で焼いていく。

ガスコンロは三口だけど、味噌汁の大鍋と野菜炒めのフライパンだけで場所を取るから、うちではグリルやオーブンレンジ、トースターがこんな感じでよく使われる。

「そういえば、言い忘れていたけど。昨日、隼坂《はやさか》さんに会ったんだよ」

俺が魚肉ソーセージの包装を剥いてカットし始めると、父さんが予約で出来上がった炊飯器の中を確認する。

蓋を開けた途端に、炊き上がった白飯の匂いが漂い、キッチンからダイニングへ広がっていく。

これは起き抜けでも、食欲を誘う。

「隼坂さん？　それって、お父さんのほう？」

作業がてら切り出された話に、俺は一瞬ドキリとした。

昨日は双葉《ふたば》の誕生日。

受験勉強で大変なときだが、高校の友達がランチタイムに集合して、ファミレスでお祝いしてくれるというので出かけていった。

当然、その中には交際中の同級生、隼坂くんもいたわけだが――。

昨日は彼のお父さん――俺の営業担当先であるハッピーレストラン本社の隼坂部長も休日出勤で出張へ。

今夜は帰ってこないと知った双葉が、それじゃあ一人で犬の世話をしながら朝学校へ行くのは大変だろうと気を利かせて「泊まって手伝うよ。朝食くらい作ってやるよ」となったらしいのだが……。

俺は（えええ⁉　誕生日に彼氏の家にお泊まり⁉　たとえエルマーとテンがいたとしても、お泊まり⁉　そしたら今夜は初めての――⁉）と勝手な妄想から熱を出して、迷惑なことにぶっ倒れて一騒動起こしていたのだ。

それこそ、もしかしたらいい雰囲気だったかもしれない双葉がこの知らせを受けて、隼坂くん家の自転車を借りて、すっ飛んで帰って来る羽目《はめ》になったような大失態《だいしったい》だ。

双葉や隼坂くんは「無事ならそれでいい」とか「変に流されるよりはよかったから」と

笑って済ませてくれたけど、俺としては――ねぇ、だ。

もっとも双葉の補足説明によれば、「士郎が送ってくれた過去問題集ができなかったときの苦しい言い訳を想像したら、むしろ本当に大助かり」で。

隼坂くんにいたっては、意識しすぎて鷹崎《たかさき》部長に「どうしたらいいですか？」って、相談メールまで送っていた。

これを知ったところで双葉自身はときめきを凌駕《りょうが》する驚きで、それどころではなくなっていたようだ。

何より、双葉と入れ違いで出張が取りやめになった隼坂部長が帰宅したらしいので、双葉たちにはかえって感謝されてしまったくらいだしね。

さすがにここまでくると、俺の罪悪感も少しは薄らいだ。

ただし、次は邪魔をしないように、まずは俺自身がこの手のことに耐性を作らなきゃと思ったのは確かだけど。

「――そう。お父さんのほう。本当は出張だったらしいんだけど、急に先方の都合で相手のほうから人が来ることになったみたい。日中は仕事をして、そのあと接待？　父さんがマンデリンホテルのレストランフロアで会ったときには、相手を見送ったあとで。けど、大分疲れて見えたから、それで父さんから誘って、一緒に帰ってきたんだ」

それにしても、なんていう偶然だろう。

俺は相手が相手だけに、話を聞いているだけで、また心拍数が上がりそうだ。

そんな自分を誤魔化すように、俺は切り終えた魚肉ソーセージをまな板ごと父さんへ差し出す。

父さんは目玉焼き用のグリルの火を消し、コンロにフライパンを置いて火に掛ける。

ここから先の野菜炒めは父さんにお任せだ。

俺は、大鍋の具材が煮えたことを確認してから、冷蔵庫の味噌を取り出す。

「そうしたら、昨日は隼坂部長も大変だったんだ」

「まあね。父さんに愚痴ることはなかったけど、疲労困憊していたから。で、それもあって、双葉が慌てて帰ったことを隼坂くんから聞いたみたいで。今朝、寧を心配するメールが届いていたから、そこは父さんが〝大丈夫です〟って説明しておいたけど。もし次に会うことがあったら——と思って」

「わかった。ありがとう。近いうちにまたハッピーレストランへ行くから、そのときに会えたらお騒がせしました——って、言っておくね」

俺は父さんからの気遣いにお礼を言いつつ、大鍋の火を小さくしてから、ホイッパーで味噌を掬って入れていく。

これは鍋の縁に沿って、カシャカシャするだけで味噌が溶けるので便利だ。

父さんはフライパンにごま油を敷くと、魚肉ソーセージにちょっと片栗粉《かたくりこ》をまぶしたカット野菜のストックを入れて、ささっと炒める。

味付けはシンプルに塩こしょうと鶏ガラ粉末、あとは旨味《うまみ》三昧《ざんまい》だ。

俺たちは、それぞれを小皿に取って、味見をしてから火を止める。

(うん！　今朝も七生基準の優しい味だ)

我が家は何を作るにしても幼児基準の薄味だが、その分追い味は各自の好みに任せている。

双葉や充功《みつぐ》は白米をガッツリ食べるほうだから、味噌汁には七味《しちみ》を入れたり、野菜炒めにはウスターソースやお醤油《しょうゆ》、オイスターソースなんかをかけたりしている。

そして、俺や父さん、士郎や樹季はその日の気分でかけたり、かけなかったり。

武蔵はまだ七生と一緒で、何もかけなくても「美味しい」って言って食べている。

「ところで、寧」

「――ん？」

俺は味見用の小皿を父さんと交換しながら、丁度よく火の通ったキャベツを頬張った。

塩こしょうとごま油の香りが、いい感じにキャベツの甘みを引き出していて、すごく美味しい。

「寧は……、双葉から何か聞いたことはある？　その、今好きな相手がいるとか、いないとか」

「んぐっ⁉」

いきなりの問いかけに、俺は眉間に皺《しわ》を寄せる。

本当は今にも頬張ったキャベツを噴き出しそうになったが、そこはグッと堪えた。

というより、この瞬間ばかりは、口に物が入っていてよかったと思う。

そうでなかったら、変な声が上がってるところだ。

「あ、驚かせた？　ごめんね。その、帰りがけの車内で、隼坂さんと子供の恋愛についてみたいな話題が出たんだ。それで、ちょっと気になって――」

「……」

父さんは、俺が目を見開くも、口をモゴモゴさせているので、逆に不安そうな顔をしている。

「いや、そんな話より、まずは受験か。本当に、ごめんね。急にこんな話を切り出して。というか、寧を動揺させてどうするんだって話だよね。本当に、ごめん！」

いつもならポンポン交わされる会話が、今は父さんの話だけで進んでいく。

きっと今この瞬間も、父さんは俺の心情を読むのに必死で、場合によっては（しまった！　寧にこの手の話は、まだだめだったか⁉　自分と弟は別物か⁉）なんて考えているかもしれない。

（ごめん、父さん！　この話ばかりは、もう少し先を聞かないことには、俺は何も話せないよ）

俺からすれば、父さんの気持ちも想像ができるから、申し訳ないばかりだ。

何か釈明しないと！　と思い、俺は、とりあえず口内のキャベツを飲み込む。

「うっ、ううん。いきなりで驚いただけ。双葉のどうこうもそうだけど、父さんと隼坂部長でそんな話をしたんだってところに――」

これはこれで嘘じゃないってことから返していく。

確かに会ったときには気さくに話をしていたし、連絡先も交換している。

だから、共通の話題として、子供の話が出ても不思議はないんだけどね。

ただ、それが子供の――双葉の恋愛ってなると、やっぱりビックリしたから。

「まあ、向こうもこっちもシングルファーザー同士だから、隼坂さんも話しやすかったんだと思う。ただ、そういう感じの話から、異性恋愛、同性恋愛の話とかも出てきてね」

（――いや、待って‼　どうしたらそんな話にまで飛躍？）

俺は今一度軽くパニックを起こす。

（さすがに父さんから切り出すとは思えな――あ。そうか！　隼坂部長は、隼坂くんが双葉に片思いをしているって、思い込んでるんだっけ？）

内心バクバクしながらも俺は、いっとき成績の下がった隼坂くんが、お父さんに心配されたことから、そんな話をしてしまったことを思い出す。

こうなると、隼坂部長は意図して父さんに探りを入れたのかな？

いざ隼坂くんが双葉に告白したときに、更に上手くいったときに、家族がどう反応するのか、前もって確認したかったとか？

そのわりに、俺に対しては何も言ってこないけど――。

このあたりは、やっぱり仕事相手だからかな？

「父さんは、息子が好きな相手なら、幸せになれるなら、性別は気にしませんね――みたいなことを言い切ったんだけど。そうしたら、隼坂さんもそれに賛同してくれて。あ、だからって寧と鷹崎さんのことに気づいてるとか、そういう感じではなくて。もしかしたら、隼坂くんが双葉のことを好きなのかなって、ニュアンスの話をされたから。それで、双葉のほうはどうなんだろうな――って」

（――って、結局はそこ⁉）

いずれにしても、父さんの洞察力や想像力からすると、俺が考えそうなことはすべて考え済みってことらしい。

それでも、二人が既に付き合っているところまでは、考えが及ばなかったみたいだけど、だからこその気がかりなんだろう。

――仮に、隼坂くんが双葉を好きだとしても、双葉はどうなんだろう？

――実は双葉も隼坂くんを？

――いやいや、受験まっしぐらで、そんな気持ちの余裕はないか？

――最悪、他に好きな人が居たらどうしよう!!

とかってことで。

特に〝他に好きな人が〟が気になって、俺に「何か知ってる？」って、確認してきたんだろうから。

(双葉～っ。これはもう、父さんや隼坂部長には、交際のことを言っといたほうがいいんじゃないのか？　多分、どっちも〝息子が幸せならそれでいい〟わけだし。もしくは、受験が終わったら本格的に交際する予定ですとか。少なくとも、両思いなのだけは伝えても、大丈夫なんじゃないかとは思うけど――。うぬぬぬぬっ)

俺は、迷いに迷った。

双葉には、さんざん鷹崎部長との交際を後押ししてもらった。

双葉からしたら、ここで俺から父さんに少しでも話しておくほうが、あとあと楽かなとも思える。

でも、双葉が父さんに交際を明かしてないのって、確か兄弟続けて彼氏ができて、ショックを受けたらどうしよう？　みたいな心配もあった気がするからな――。

(でも、父さんは子供が幸せなら、それでいいって言い切ってるんだから。よし！)

俺は、両手に拳を作った。

交際自体の話は双葉に確認を取ってからにしても、まずは俺自身が双葉の恋愛についてどう思っているか。

そこは父さんと一緒だし、仮に隼坂くんが相手であっても、俺は双葉が幸せならそれでいいのは一緒だから！　と、まずは賛同するところから返そうと思ったんだ。

「ごめん！　寧。え⁉　でも、万が一双葉がそんなことを言い出しても、寧は反対しないよね？　まさか、今でも自分のことはさておき、〝可愛いふたは、俺と結婚するんだ〟とかって思ってないよね？」

ただ、いざ俺が発しようとしたら、父さんが慌てて聞いてきた。

自分ではわからないけど、俺が相当深刻そうな顔でもしていたのかな？

もしくは、気合い入れのつもりで作った握り拳が、父さんから見たら隼坂くんに向けられていた？

それにしても〝ふたは俺と結婚する〟って――何⁉

「え？　意味がわからない。俺も父さんと一緒で、双葉が幸せなら、誰が相手であっても、反対するとかはないよ。そんな、自分を棚にも上げないし。どうしたら、そんな疑惑が？」

俺は逆に父さんへ聞き返す。

すると、父さんはちょっと目を泳がせて……。

「あ、いや、そうだよね。ごめん、父さんが考えすぎた。その……。充功が生まれる前の寧の口癖？　多分、幼稚園でお友だちの影響を受けたのかな？　なんか――、ふたと結婚するって言ってたときがあって。あるときそれが原因で、同じクラスの女の子たちに引っぱたかれて、大泣きしちゃったこともあったからさ――」

すでに十六、七年は経っているだろう、俺の園時代の話をしてくれた。

なんでも、いきなり園内で女の子二人に引っぱたかれて、ギャーギャー泣き始めたから、原因を女の子たちに問いただしたら、

〝寧くんに、しょーらいわたしたちのどっちと結婚するって聞いたら、どっちもしないって言われた！〟

〝ふたと結婚するからだめって言われた！　ふたが世界で一番可愛いって!!〟

俺は当時園内でも、可愛さで一、二を争う女児たちからの告白を断るだけならまだしも、満面の笑顔で双葉の可愛い自慢をしたらしい。

それこそ父さんは「ごにょごにょ」濁《にご》したけど、女児からしたらプライドをへし折られるレベルでやらかしたんだろう。

しかも、その時の俺は、全く悪気《わるぎ》もなくて……。

どうしていきなり叩かれたのかもわからないから、しばらくは怖くなったのか、女の子たちには近づかなくなったらしい。

そして、いっそう双葉が可愛いにも拍車がかかって、そこから先は充功も可愛い、士郎も可愛い、樹季も武蔵も七生もみーんな可愛い!!　で、今に至るという話だ。

これには俺も「え～」と言って、唇を尖らせる。

「いくらなんでも、さすがにこの年になってまで可愛い弟は俺のものだとか、結婚するとかって発想はないよ～。少なくとも、充功が生まれて双葉がお兄ちゃんになったところで、三人じゃ結婚できないになってたと思うし。仮に士郎が生まれて偶数になったとしても、そのときは十歳だからね。弟と結婚はないってことくらいは理解できていたと思うよ」

当時の俺の結婚観がハチャメチャだったことは、園児の戯《ざ》れ言《ごと》として許してほしい。

多分だけど、家の中では父さんと母さんが結婚しているから、きっと自分は双葉と結婚するんだ――ぐらいの思い込みだろう。

もしくは、幼稚園でそんな話が出たか、お友だちの話を都合のいいように勘違いして、信じ込んでいたかだ。

とはいえ、二十一にもなった息子相手に、こんなことを真顔で聞いてきたんだから、父さんの中での俺って、七生と同じレベル？

双葉を筆頭に、弟たちに好きな人ができようものなら、「いやー」とか「ばいば～い」をやらかしそうな奴だったってこと？

「――だよね。ごめんごめん。でも、三つ子の魂百までとかって言うからさ」

「ひどいな、父さん」

謝ってはくれたけど、それでも言い訳が「三つ子の魂百まで」だからね！

そうは言っても、会社の飲み会で上司や同僚相手に、酔っ払って「弟たちが可愛い！」を話し続けているから、否定はできない。

せいぜい今後は気をつけようとか、他から見て怪しくない程度に留めようとかって、反省をするだけだ。

「でも、そこまで心配させるレベルのブラコンだって自覚はあるからね。だから、俺も父さんと一緒だよ。双葉に限らず、弟たちが幸せになれる相手なら、全力で応援する」

「寧」

「逆に、世界中を敵に回しても、それこそ本人に嫌われても、この相手だけは駄目だ。不幸になるだけだって思ったら、父さんみたいに全力で反対するけどね」

ただ、会話の勢いもあるけど、こうして自分の気持ちを父さんに伝えられたのはよかった。

「そっか。一緒か。なら安心だ」

一瞬驚いた顔を見せた父さんだけど、その後は言葉通り安心したのかニコリと笑う。

「あ、でも。この話は双葉には内緒だよ。今は受験が一番だろうし、何かあれば言ってくるだろうから。ただ、もしも双葉に何か相談されたら、まずは寧が受け止めてあげて。こういうことって、友達や兄弟のほうが打ち明けやすいかなって、気もするから」

「――うん。わかった」

そうして、朝から起こった俺のパニックや動揺は、一番いい形で治まった。

父さんの気遣いもあるだろうけど、これならいつ「双葉から聞いたんだけど」って言っても変に思われない。

双葉から「実は」と伝えるにしても、すでに父さん自身になんらかの覚悟はできているみたいだから、ここも大丈夫だろう。

もっとも、今の父さんが一番危惧しているのは、双葉の口から隼坂くん以外の名前が出てくることかもしれないけどね！

「ひっちゃ〜っ」

——と、ここで七生の声がした。

まるで話が一区切りするのを図っていたようだ。

壁に掛かった時計を見ると、六時半近い。

「あ、起きたみたいだよ」

「うん。丁度いい時間。七生の体内時計は、今朝も優秀だね」

和室の襖《ふすま》を開いた七生が、目を擦りながらダイニングへ出てきた。

そして、俺や父さんがキッチンにいるのを見つけると、

「ひっちゃ！　とっちゃ！　おっはよー」

めちゃくちゃ嬉しそうな顔で声を上げて、足早によってくる。

寝てても、起きてても、猛烈に可愛い！

七生はキッチンまで来ると、俺と父さんの両方に手を伸ばす。

ガッチリと二人の足を抱えるようにして掴んできた。

これには俺だけでなく、父さんも破顔《はがん》だ。

（――あ、そうか。昨夜は父さんも帰宅が遅かったから、寝る前に顔を見てないんだ。それに、最近の七生は週の半分は子供部屋で寝ているから、父さん的には仕事が捗《はかど》る反面、寂しいんだろうな）

七生の声を聞いてか、武蔵や季樹も眠たそうに目を擦りながら起きてきた。

「おはよ～っ」

「おはよう、寧くん。お父さん」

「あ、いた！」

そして、二階からは士郎だ。

きっと、目が覚めたら、一緒に寝たはずの弟たちがいないものだから、慌てて探したんだろう。

「下に居たのか。樹季、途中から寝場所を変えるなら起こしてよ。双葉兄さんや充功のベッドまで探しちゃったよ」

まずは二階から――だったようだ。

この分では、目覚ましが鳴る前に、双葉と充功も起こされていそうだ。

「わ！　ごめんなさい。士郎くん、お勉強で疲れてるかなって思ったから。僕がシーってして、寧くんのところへ行ったの」

「ごめんなさい！　七生がベソベソしそうだったから、俺が先にシーってしたんだ！」

樹季と武蔵が互いをかばい合うようにして、士郎に謝っていた。

これには士郎も困っている。

別に怒ったわけでなく、次からは――ってだけのつもりだったからだろう。

「そ、そう。ありがとう。でも、次は起こしていいからね。僕も一緒に行きたいから」

「あ！　そっか!!　そうだよね！」

「そうだった！　じゃあ次は、最初にしろちゃんを起こそう！」

それでも士郎の返しはいつも上手い。

樹季と武蔵にとっては、心配するじゃないかって言われるよりは、僕も一緒に誘ってよと言われるほうが、罪悪感がない。

次からは、気を遣うこともなく、寝床に士郎だけを置いていくこともないだろう。

これには、聞き耳を立てていたのだろう父さんも、ニッコリだ。

「あ、寧。父さんがプレートを盛るから、七生と一緒にあれを出して、チンお願い」

「はい」

俺は、二人にしがみつく七生の手を取り、冷蔵庫へ。

「なになに？」

「どれどれ？」

興味津々で覗いてきた樹季や武蔵も交えて、おかずだけを詰め直した会席弁当を取り出した。

ダイニングへ移動し、蓋を開いて見せる。

「ひゃ〜っ!!　うんまよ〜っ」

「すごい！　綺麗なおかず!!」

「すごいすごい！　お正月みたい！」

一瞬にして目を輝かせた七生や樹季、武蔵の顔を見るだけで、俺も嬉しくなる。

父さんのお仲間さんたちには、本当に大感謝だ。

「今、温めるからね。父さんのお手伝いをして」

「はーい！」

そうして俺は、樹季たちに指示を出すと、お節料理さながらのおかずをお皿に移して、レンジで温め始めた。

「おはよ〜」

「おはよう」

ダイニングテーブルに、ご飯とおかずが盛られたプレートが運ばれているところへ、まだ眠たそうな充功と双葉がパジャマ姿で下りてくる。

「あ、おはよう。味噌汁のほうを頼んでいい？」

「了解」

まだ危ないかなと思われる汁物は双葉と充功に頼み、俺は七生を抱えて着席させた。

そして、みんなが席へ着いたところで、レンジから温まったおかずを取り出して、テーブルの中央に置く。

「すげえ！　なんだこの豪華なおかずは！」

「うわ～。父さんのお仲間さんたち、大奮発《だいふんぱつ》してくれたんだね」

「うんうん。美味しそう～っ。朝からご馳走《ちそう》だな」

これには充功、士郎、双葉も目を輝かせた。

「さ、食べよう」

父さんのかけ声に、俺たち全員で両手を合わせて「いただきます」をする。

「どうぞ召しあがれ」

幼稚園での挨拶が、そのままうちでも習慣になった声かけだが、今日はまさに「召しあがれ」という言葉がピッタリだった。

いっせいに箸を持つと、俺たちは七生から好きなおかずを選ばせて、ご馳走を堪能した。

充功が「いいスタートだ。今週は頑張れそうだな！」なんて言っておかずを頬張っていたが、それには俺だけでなく、みんなが賛同していた。

1

「行ってきます」

「いってらね〜っ」

「いってらっしゃい！」

弟たちと父さんに見送られて、俺は今朝も清々しい気持ちで家を出た。

「おはよう、エリザベス。エイト。行ってくるね」

「バウバウ」

「パウ！」

隣家の前を通るさいには、庭から玄関先へ回って来たエリザベスとエイトも見送ってくれる。最寄り駅へ向かう足取りも軽い。

（空も青くて、いい気分だ。今週は学校絡みの予定もあるけど、頑張れそうだな！　よし、ここからは鷹崎部長へのメールタイムだ）

高卒で西都製粉《せいとせいふん》東京支社第一営業部に就職した俺は、この四月で入社三年目に突入した。

同期も下の世代も大卒だらけとあり、今年初めて同部署に後輩が入ってきたが、実年齢は年上だ。

未だに社内では俺が一番年下なんだが、それでも仕事内容では年数なりには認めてもらえるようになってきた。

これも得意先で鍛えられ、鷹崎部長たちに鍛えられ、同期や先輩たちに助けられてきたおかげだ。

（さてと――）

そうして俺は、今朝も通勤電車の中で鷹崎部長にモーニングメールを送り、また今週の仕事やプライベートの予定を確認した。

「おはよう、兎田」

「おはようございます。境《さかい》さん」

会社の最寄り駅である新宿駅のホームに下りたところから、業務部の境さんと合流する。

我が社の経営者一族の一人である彼もまた、常に俺を助け学びを与えてくれる同期だ。

俺はここから西口にある会社までの距離を、彼と雑談がてら歩く。

「うわ～。いつ見ても、朝から清々しい顔してるな。兎田はきっと、日本一月曜に爽やかでやる気に満ちたサラリーマンだぞ」

「ありがとうございます。もともと弟たちの見本にならなきゃっていうのもあって、月曜日は気合いを入れるほうなんですけど。〝97企画〟月曜恒例のランチミーティングをするようになってから、いっそう張り切れるようになったんだと思います」

「そう言ってもらえると、誘った俺も嬉しいけどさ」

こうして二人で歩くようになったとき、俺は意識して半歩下がって歩いていた。けど、そんな俺に対して、数日後には境さんのほうから歩幅を合わせ、肩を並べて歩いてくれた。

恐れ多いことだけど、同じくらい嬉しかったのを覚えている。

七生相手にあっかんべーをしたり、そうかと思えば「今の大変そうな鷹崎部長が好みで、嫁にしたくなった」みたいなことを言い出したり、ときには、いったいこの人は何者だろうか⁉　と驚愕や唖然とするばかりだった。

――が、今では不思議なくらい気にならない。

彼が鷹崎部長と俺の関係を理解し、すぐに納得してくれた。

それどころか、応援してくれる側に回ってくれたこともあるが、やはり仕事を通したときに感動と尊敬する気持ちを常に与えてくれる相手だからだろう。

育ち方も学び方も違う彼は、肩書きこそ俺と同じ入社三年目の社員だが、仕事や業界に関しての知識や視野の広さは管理職さながらかそれ以上だ。

西都製粉経営者一族にも〝帝王学〟のようなものがあるなら、きっとそれを学び、すでに身に着けている人なんだろう。

彼が鷹崎部長と獅子倉《ししくら》部長が温めてきた企画を〝97企画〟として始動してくれたこと、そしてその主要メンバーに俺を入れてくれたことには、本当に感謝しかない。

鷲塚さんや森山《もりやま》さん、他部署の同期たちもそうだけど、俺は本当に周りの人に恵まれている。

これこそが月曜に元気で出社できる一番の理由だろう。

「――けど、その分だと兎田は、五月病もどこ吹く風だったんだろうな」

「そうですね。入社直後は母親が亡くなって間もなくて、父親が母親ロスで寝込んでしまっていたので、ちょっと記憶にないんですけど。仕事を覚える以外に、気が回っていなかったから、五月病にかかってる余裕がなかったかもしれないです」

「すまない！　聞いていたはずだったのに、うっかりしてた。ごめんな」

「いいえ。というか、多分俺の場合は、そういうことがなくても、五月病は無縁だったんじゃないかと思います。両親が揃っていた頃でも、四月、五月って、弟たちの担任やクラスメイト、その保護者の顔と名前を覚えるのに必死だったので」

本来なら、まだしばらくは本社で経験を積んでいく予定だっただろう彼が、なぜ支社へ来たかと言えば――。

それは、彼が配属されている仕入れ担当の業務部部長、課長、係長が、稀少な国産有機小麦である〝雪《ゆき》ノ穂《ほ》〟の生産農家・三郷有機《さんごうゆうき》さんに無理難題をふっかけて、激怒させたことがきっかけだ。

そして、契約を打ち切られそうになり、元担当者だった獅子倉部長がカンザスから北海道へ飛んで行って謝罪をした。

また、三郷社長とは営業の立場からも鷹崎部長が懇意にしていたため、虎谷《とらや》専務に同伴を願ってすっ飛んでいったほどだ。

おかげで三郷社長に許してもらえて契約は継続、今も〝雪ノ穂〟を卸《おろ》してもらっている。

ただ、業務部長たちに関しては、この騒動がきっかけで、日頃の態度の悪さや仕事ぶりが露呈《ろてい》したというか、上層部にも再確認をされたらしく……。

いっときは、左遷《させん》か⁉　降格《こうかく》か⁉　なんて噂が、俺の耳にも入って来ていた。

だが、さすがに三人一緒では、急にどうこうはできないってことだったみたいで、それで境さんが監視役として、こちらへ送り込まれることになった。

なんでも、獅子倉部長の推薦《すいせん》もあったらしい。

まあ、境さんとしては、彼らや部署の監視もさることながら、鷹崎部長から受け継いでいた企画が大阪本社では上手く進められなかった。東京支社なら上手くできるかも――という目的もあって、快くこちらへ来たようだ。

こちらには鷹崎部長がいるし、企画そのものを〝同期で実行〟という括《くく》りにしてしまえば、本社で上手くいかない原因にもなっていた、各部の担当者による年功序列や上下関係もなくせる。

また、部署に関係なく、同期でひとつの企画を成し遂げることで、横繋がりとしての結束力も増す。それを上から下へ引き継いでいくことで、細く長い企画にしていけると考えたからだ。

「そうか。それで兎田は、人の顔と名前を覚えるのが早いんだな。けど、営業マンとしては最強の武器だ」

「ありがとうございます。それでも士郎には、まったく敵わないんですけどね」

「士郎って、眼鏡をかけた四男くんだっけ？」

「はい。さすがは境さん！　何度もあったわけじゃないのに、弟まで覚えているなんてすごいです」

「そこは俺の記憶力がどうより、兎田家のインパクトだな。なんていうか、初《しょ》っぱなから全員そろっているところに遭遇できたラッキーもあるが、お父さんから末弟まで似たり寄ったりの顔をしているのに、個性がはっきりしているから、わかりやすかった」

「そうなんですね」

——なんて話をしているうちに、俺たちは会社へ到着した。

エントランスフロアだけでなく、社内全体が白を基調としたお洒落《しゃれ》で清潔感のある自社ビルだ。

ここが自分の職場だと思えるだけで、俺のテンションは爆上がりする。

ドラマでしか見ないような世界観へ、飛び込んだ気になるからだ。

そうして俺たちはエレベーターへ乗り込むと、日課となっている休憩室へ向かう。

「おはようございます」

「おはよう。鷲塚」

「あ、おはようございます」

一面の硝子《がらす》窓《まど》から西新宿のオフィスビル群が見えるカウンター席には、すでに鷲塚さんがいた。

手元には何かの資料とマイボトルが置かれている。

「麺《めん》作りの検討か？」

「はい。まずは俺がこれってものを作れないと、先へ進めませんからね」

境さんが話しかけながら鷲塚さんの右隣へ座ったので、俺は左隣へ座った。

手持ちのバッグの中からマイボトルを取り出して、家で淹れてきたコーヒーを一口。

見れば、境さんもいつの間にか俺たちと同じようにマイボトル持参になっていて、手元へ取り出している。

俺は節約のためだけど、きっと二人はエコロジー意識からだろう。

ちなみに始業時間までには、まだ三十分ある。

俺は通勤ラッシュを少しでも避けたいのと、このドラマチックな世界観を堪能したくて、自主的に早く来ているのだが――。

そこへ鷲塚さんが加わり、鷹崎部長も立ち寄るようになって、今では境さんも交えての朝カフェタイムになっている。

でも、こうして俺たちが集まって、朝から私語を交えつつも、〝97企画〟の話をしているせいかな？

最近では、テーブル席に他部署の人たちを見かけるようになった。

朝カフェとして楽しんでいる人もいそうだけど、けっこう仕事の話が聞こえてくる。

「あ、ところで境さん。結局、業務部では新年度の異動がありませんでしたけど。部長たちは、よっぽど姿勢を改めたってことですか？」

――と、いきなり鷲塚さんが小声で訊ねた。

ほとぼりが冷めたようには見えても、新年度には業務部長たちに異動の辞令がでるのでは？　と、社内の一部では囁かれていたので、実際現状維持で、本人たちも胸を撫で下ろしているらしい。

なんでも境さんが「今どきのコンプライアンスはですね――」と言いつつ、常に目を光らせていたからか、問題視されていた大企業を嵩《かさ》にかけたような横柄《おうへい》さや高圧的な態度が大分なくなった。

反省が態度で示されている――ということで、許されたのではないか？　というのが、社内での噂だ。

そこは鷲塚さんの耳にも入っていたと思うんだが、やっぱり真相《しんそう》が気になるのかな？

「んー、まあな。さすがに奴らも左遷はされたくなかったんだろうな。場合によっては、海外だし。ただ、大分物言いも柔らかくなったし、何より俺を野放しにしといてくれるから、現状維持でいいんじゃないか――って、本社と人事には言っといた」

境さんが身を乗り出して、小声で返す。

ちゃんと俺にも聞こえるように、ヒソヒソしてくれる。

「それって、境さんの都合ってことですか？」

「悪いか？　奴らを外へ出すのはいいが、必ずしも代わりに来る連中が〝97企画〟に理解があって、協力的とは限らないんだぞ。稀代《きだい》の90期は、突き抜けすぎていて味方も多いが敵も多いんだ」

——と、ここで俺も身を乗り出した。

（敵？　ああ、そうだった。鷹崎部長と獅子倉部長は、全社通しての最年少部長だ。異例な出世でここまで登ってきた人たちだから、常に嫉妬の的で……。今だって他部長に気を遣ってるのは、鷹崎部長だ。もちろん、懇意にしてくれる部長たちもいるけど……）

ポーズとしては、鷲塚さんのレポートを左右から覗いている風だが、内容は眉間に皺が寄るものだ。

「おそらく、こんなことになっていなければ、今の業務部長だって、一回り以上も年下の鷹崎部長や獅子倉部長が基礎を作ったものなんかに、協力できるかってなっている。そうでなければ、三郷有機相手に、あそこまで馬鹿なことはしないだろう」

「——あ。〝雪ノ穂〟って、獅子倉部長が鷹崎部長まで引っ張り込んで取ってきた契約ですもんね。当時はどうだかわからないですけど、年々評判がよくなって、今では新規契約ができない国産品種のひとつだし」

俺はマイボトル片手に、二人の話に耳を傾ける。

いつものことだが、こういうときは、口を挟まずに聞くに徹するのが一番だ。

「――だろう。こう言ったらあれだが、獅子倉部長のカンザス栄転は、〝雪ノ穂〟の契約成功が後押しになったと言っても過言《かごん》じゃないしな。もっとも、本人は〝誰がカンザスで先見の明を発揮したいって言った！　俺は国産推《お》しがしたかったから頑張っただけなのに!!〟って、相当荒ぶったらしいけどさ」

「ははは。こんなに裏目に出た栄転も珍しいですね。けど、そうか――。俺や寧は喜び勇んで乗ったけど、〝97企画〟って、大本は俺たちが想像していた以上に、向かい風の中で進んで来たんですね」

俺の心情を察してか、代わりに鷲塚さんが自分たちのこととして話してくれた。

なので俺は、こくりと頷き同意して見せる。

「まあな。でも、そこに追い風のチャンス到来だ。獅子倉部長曰《いわ》く〝俺たちの土下座は安くないんだ〟ってことで、俺に持たせてここへ送り込んだんだよ。いまなら〝97企画〟に無条件協力するしかない立場だからって」

「――それって、暗躍してるのは獅子倉部長だって言ってます？　俺はてっきり、多少の入れ知恵があるにしても、大体は境さん自身が計算尽くでやってきたんだと、思ってきたんですが」

「俺も最近まではそう思ってたな。けど、何だかんだで、そう立ち回るように、最初からアドバイスされてたんだよな――って、気がついたんだ。何せ、そろそろ異動をどうしようかって話が出てきた頃に〝三人は現状維持にして、お前が飼い殺せ。な～に、それでも左遷よりはマシだ。喜んで飼われてくれるはずだからな〟って、笑いながら言ってきて。電話越しだったが、あれはマジで背筋がゾッとした。絶対に目が笑ってない言い方だった」

とはいえ、境さんが今にも失笑しそうになっているのを見たら、俺は苦笑いを浮かべることしかできなかった。

（うわ～っっっ。これって俺が聞いていい話なのかな？　でも、俺たちの土下座ってことは、獅子倉部長だけでなく鷹崎部長も？　下手したら、虎谷専務も三郷有機の社長相手にしたってことだろうから、そりゃ安いわけがないよな。こうなったら、せめて境さんのすることや、〝97企画〟の邪魔をしないっていう、最大の協力をしてもらわなかったら、割に合わないどころじゃない！）

多分、鷲塚さんも同じことを考えてるのかな？

わざとらしいくらいの「ははははっ」を繰り返している。

「あ、そう言えば。兎田と鷹崎部長、昨日は休日出勤だったんだって？」

するとここで境さんが話を変えてきた。

さすがに笑うに笑えない内容になってきたからかな？

更に声を落として「この先、デート有休でも取るためか？」なんて、からかってくる。

「違いますよ。俺は明日、弟たちの学校に顔を出すので有休を取るんです。その代わりです。でもって、鷹崎部長は横山《よこやま》課長や野原《のはら》係長との有休調整だったかな？　そのうち二人の都合のいいときに、代休を取るみたいなことを話してましたよ」

「ああ――、そうだったのか。なんだ、来てもデート、休んでもデートかと思ったら、そういうことじゃないのか」

せっかく俺が誰に聞かれてもいい内容として返事をしたのに、境さんはまだ小声だ。

これには鷲塚さんが「ぷっ」と吹き出す。

「寧にしても、鷹崎部長にしても、休む理由まで自己都合じゃないところが、二人らしいよな。それにしても、弟たちの学校か――。それって保護者会とかそういうの？」

「はい。授業参観と役員決めの懇談会《こんだんかい》です。時間帯こそズレているんですけど、幼稚園と小学校、中学校で重なってしまったので、父さんと手分けをして行くことにしたんです。

それでも普通に考えたら、下から順に回れば、どうにか一日で回れるような時間配分にしてくれているんですけど。今年は、どうしても俺自身が、様子を見ておきたかったので」

そうして、ここからは鷲塚さんと世間話だ。

境さんは相づちを打ちながら、聞くほうに回っている。

「ああ、成るほどね。引っ越しもあるから——な」

「はい」

言わずともわかる鷲塚さんが有り難い。

そう。俺がどうしても、今のうちに様子を見ておきたかったのは、弟たちのこともあるけど、夏には引っ越してくる予定の鷹崎部長やきららちゃんのことがあるからだ。

すでに、どの学年でも面識《めんしき》のある保護者が多いのは確かだけど、それでも毎年「はじめまして」って方がいる。

武蔵の学年でも居るかもしれないし、改めて状況を見ておきたかったのもある。

父さんは、「今年から七生も保育園にお世話になるし」ってことで、何かしらの役員を引き受けるようにする、園に出向く機会を増やすと言ってくれていた。

だから、きららちゃんのことも大丈夫だよ。安心して——ってことだろうが、それはそれで、これはこれだ。

むしろ、武蔵のほうの役員を俺が引き受けて、父さんには充功のほうで何か引き受けてもらうほうがいいかなって思う。

ミュージカルの件もあれば、受験もあるからね。

この辺りは、今夜にでも、もう一度相談だけど――。

「おはよう。やっぱり、まだいたか」

――と、ここで鷹崎部長が、足早に近づいてきた。

「あ、おはようございます。鷹崎部長」

「おはようございます」

「――ん、まだ？」

俺たちの声に反応し、テーブル席にいた人たちが、ハッとしてスマートフォンから顔を上げる。

また、そのうちの何人かは、ちょっと焦ったように席を立ち始めた。

（ん？）

なんだろうと思っていると、境さんまで慌て始める。

「鷹崎部長。いつもより遅いですけど、寝坊《ねぼう》ですか？」

ここで境さんが時間に気づく。

慌ててマイボトルを鞄にしまう。

俺と鷲塚さんもこれには驚いて、壁に掛けられた時計に目を向けた。

（あ！　二分前って、どういうこと⁉）

見れば始業間近だった。

いつもなら、鷹崎部長が十分前には姿を見せてすぐに移動するか、少なくとも五分前には移動する。

だから、鷹崎部長が来るまでは——と、すっかり油断してしまっていた。

「いや、その逆だ。ちょっとファイルの整理をしていて、寝てないんだ。それで電車を乗り越して——」

「え⁉」

朝のメールは普通に届いていたのに、鷹崎部長の失敗は電車移動してからのようだった。

こんなことは初めてで、俺たちも一緒になって慌ててしまう。

マイボトルを鞄にしまいながら、席を立つ。

「とにかく、行くぞ。というか、お前たち俺を時計替わりにするなよ！　こういうこともあるからな！」

それでも、ここへ寄らずに直接部室へ行けば、絶対に遅刻はしないだろう。

きっと鷹崎部長は、俺たちだけでなく、自分の登場をアラーム替わりにしている社員が、他にもいることを心配したんだろうな。

「はい！　すみませんでした‼」

「わざわざ、ありがとうございます！」

他部署の、それも名前も知らない人たちが、慌てて鷹崎部長に謝り、またお礼を言って走って行った。

「ぷっ」

こんな時だというのはわかっていたが、なんだか微笑ましくなってしまう。

「兎田、急げ！」

「はい‼　すみません。今行きます！」

当然直ぐに注意されたが、俺は楽しくなっていた。

さすがに全力疾走《しっそう》するわけにもいかないから、競歩《きょうほ》みたいな早歩きでの移動になったが、一歩前を行く鷹崎部長が恥ずかしそうで。

そのくせ、俺のためにこいつらまで遅刻させるわけにはいかない――みたいな責任感も見えて。

（鷹崎部長ってば、やっぱりいい人だな）

俺は朝っぱらから、ますます鷹崎部長が好きになった。

（それにしても、徹夜でファイル整理か――。やっぱり部長職って大変なんだな）

どうにか始業時間には部室へ入り、自分のデスクへ着けた。

＊＊＊

いつもの月曜なら、ランチタイムに合わせて〝97企画〟のミーティングをするところだが、今日はメール交換で済ませた。

先週のうちに、大まかな方向性が定まったので、こうなると鷲塚さん本人も言っていたが、試作品――この場合は、新製品の主食となる新しい麺――の種類や完成の目処《めど》が立たないと、境さんは必要な材料や工場ラインの確保に動けない。

俺も卸先《おろしさき》へ交渉ができない。

特に完成品が加工食品になるってところで、本来の営業担当は第二営業部だ。

なので、そこからは同期の海老根《えびね》さんとも協力しあって、俺は入荷先の棚を確保していくことになるのだが――。

そこに至るまでは、鷲塚さんから進行状況を共有メールで送ってもらい、ミーティングは隔週くらいでいいだろう。

早急に何かあれば、それはそれで集まればいいし、なんなら朝のカフェタイムもあるってことで。ここからは各々従来の仕事の延長で、できそうなことをしていこう――と、なったからだ。

境さんも俺も、基本は外回り仕事だしね。

「では、行ってきます」

「行ってらっしゃい」

俺は、鷲塚さんからのメールを確認して返信をすると、久しぶりに月曜の午前中から外回りへ出た。

丁度、担当しているパン工場・月見山《やまなし》パンさんが、次回の訪問予定の前倒しを打診してきて、

〝それでしたら、本日の午前中に伺うのはどうでしょうか？〟

〝本当かい。ぜひ！〟

〝ありがとうございます。そうしましたら、今から社を出ますので、一時間ほどで伺えると思うのですが――〟

〝大丈夫。今日は一日事務所のほうにいるから〟

〝承知しました。では、よろしくお願いいたします〟

——と、なったからだ。

しかし、これはすごく幸運だった。

明日は休みだし、明後日から週末となったら、すでに訪問予定が決まっていた。

月見山パンさんへも金曜日に行く予定だったたし、それより前に来てほしいと言われても、ミーティング用に空けていた今しか時間が取れなかったからだ。

（よし！　なんか、今週は幸先《さいさき》がよさそうだ。でも、わざわざ前倒しで頼んできたって事は、フェア相談の入荷量増し——値切り交渉って可能性はなきにしもあらずだからな。そこは覚悟して、対応できる範囲を想定しておかなきゃな）

俺は、早速最寄り駅まで歩いて、そこからは電車移動で月見山パンさんへ向かった。

この間も、脳内では月見山パンさんでの交渉対策を準備しつつ、それができたら〝97企画〟の構想だ。

（目指すは、美味しくて簡単便利、旬の野菜もきちんと取れるバランス食。完全栄養食みたいなパンやパスタのバランス食は、既にいくつも出ている。けど、うちの強みは麦を知り尽くした粉屋が作る麺っていう売り、そして大手ならではの価格設定だよな——。どうしても、完全栄養に特化した商品は、元の研究開発費もあるが、需要と供給上、家庭で摂る一食としては、割高になるから）

窓の外を流れる都会の町並みに視線を向けつつ、脳内では自分がイメージする新商品像をまとめていく。

(でも、俺はそこまで完全じゃなくてもいいから、まずは美味しくて、できるだけ日常的に食べ続けられる価格で提供したい。ただ、鷲塚さんはこれに低糖質やグルテンフリーを取り入れたいってことだけど、実際小麦メインの会社でグルテンフリーは一番難しいよな。栄養面や低糖質なら全粒粉《ぜんりゅうふん》を使うとかって発想が出るけど、グルテンフリーってなったら、オーツ麦やハト麦、麦芽糖《ばくがとう》使用？　もしくは、いっそ麦から離れて米粉や大豆粉《だいずこ》みたいなものの使用になる？)

――とはいえ。

考えれば考えただけ、俺には「どうするんだろう？」ってなる。

しかし、これは心配からくるものではなく、期待と好奇心からだ。

最終的にどう持って行くにしても、鷲塚さんならすごい何かを作ってくれそうな気がして、楽しみしかない。

変な話だが、普通なら「これをうちが出すのか⁉　ありえないだろう！」みたいな品が出てきても、そこは境さんが賛成すれば、あの手この手で押し進めてくれそうな気がするし。

俺自身は、美味しくて安価なものを提供できれば、基本原材料が麦でなくても、「これは冒険ですね！」ぐらいのノリで賛成するだろう。

もちろん、ここで鷹崎部長や獅子倉部長が「待った」をかけてきたら、話は別だ。けど、そこは鷲塚さんのほうが誰より意識して作るんじゃないかな？　って気がするし、

――やっぱりいけるはず。

それに、そもそも〝９７企画〟自体、創立百周年記念を謳い文句に売り出す自社製品シリーズだ。

何かしら冒険はあっても、「これこそが、ここから新たな百年に向けた、攻めの姿勢の表れなんです」とか言えば、少なくとも小売りさんや消費者側は「なるほどね！」で、いったんは納得して受け入れてくれると思うし。

――いや、受け入れてもらうように働きかけていくのが、俺の仕事なんだから!!

(いずれにしても、記念の新シリーズをアピールしていけば、従来の卸先にプラスアルファで入荷先を確保するのは可能なはずだ。境さんが言うには、宣伝部もそうとう張り切っているってことだし、にゃんにゃん舞台のスポンサーに名乗りを上げることで、これに絡めて販売ができないかって交渉も本格的にしていくって話だからな。シーズンごとに、売り切れゴメンの限定生産としても、一定数を作れれば売価も抑えられるはずだ)

そんなことを考えながら、俺は電車を乗り継いだ。

そして、社を出て一時間とかからないうちに、月見山パンの工場と事務所がある最寄り駅へ到着したのだった。


月見山パンさんは北区《きたく》の隅田川《すみだがわ》沿いにある、規模こそ小企業のパン工場だが、関東圏でチェーン展開しているような大型スーパーやコンビニエンスストアを中心に、商品を卸している。

それこそ食パンから菓子パン、惣菜《そうざい》パンまで種類も豊富で――。

以前も、「秋限定のお月見あんパンが、うちの弟たちに大好評でした」と、食べているときの写真を見せたら〝美味しい顔のフォトフェア〟をしてくれた。

しかも、今年に入って発売された、和洋の惣菜がたっぷりの全粒粉入りピタパンサンドのシリーズが、今はけっこうな主力商品になっている。

他社製品とはいえ、楕円形を半分にしたポケットみたいな薄い生地のパンは、武蔵が手にしても食べやすそうだし、俺も発売直後に買って食べてみた。

美味しい上に食べやすいとあり、家で真似して作ってみたいな――なんて思ったほどだ。

（さて、突然の交渉でも対応できるように、気合いを入れていこう）

そうして俺は、月見山パンさんの本社がある五階建ての雑居ビルへ来た。

工場はビルの裏にあり、本社の事務所はこちらの一階フロア。

二階も自社で使っているようで、三階から上はすべて貸している。

社長さんの家系がこの辺りの地主さんだったらしい。

「失礼します。西都製粉東京支社の――」

「すぐにどうにかできないのか！　工場ラインを止める気か!!」

（ひっ!?）

だが、俺は入り口の扉を開くと同時に怒鳴られた。

いきなりのこと過ぎて、全身がビクリとなる。

「――あ、兎田くん。ごめんね。驚かせてしまって。けど、ナイスタイミングだ」

ビビりまくった俺に気づいて、すぐに仕入れ担当である山貝《やまがい》さんが寄ってきた。

どうやら俺が怒鳴られたわけではなかったが、しかし「ナイスタイミング」ってことは、うちとのトラブルか!?

声を荒げたほうの中年男性も、俺に気づくと電話の子機を片手に、鬼の形相で猛進してくる。

ここでは初めて見る顔の人ってことは、普段は工場勤務の方かな？

「あ、来たのか！　西都製粉の担当者!!」

「はい。兎田と申します。どうされましたか？」

「誤配送だ。朝一着《あさいちちゃく》でうちに来る予定の粉を、別のところへ送ったらしい。だから、今すぐ持って来いと言っているのに、こいつがまったく話にならない。どうにかしてくれ!!」

そう言うと、男性は俺に通話中の子機を突き出してきた。

保留にさえなっていない！

俺は「すみません。失礼します」と頭を下げて、子機を受け取る。

「もしもし。お電話を代わりました。月見山パンさんの担当をしております、西都製粉東京支社第一営業部の兎田と申しますが、状況を教えていただけますか？」

今すぐ送れってことは、直接出荷工場に電話をしたのかな？

担当者の俺には、どこからも連絡が入っていないんだが、出荷確認はＡＩ《エーアイ》と人間の二重体制でしているはずなのに――まさかＡＩが誤作動？

最終確認の社員さんが不調？

〝もしもし。カエル運送の川村《かわむら》と申します。この度はすみません。弊社《へいしゃ》のドライバーが積み荷を間違えて別のところへ誤配送してしまったのですが。配送内容が九割方同じ銘柄《めいがら》だったことから、先方も気がつかないまま受け取ってしまったようで……〟

（――違った！　うちで契約している運送会社さんだった！）

電話に出たのは、事務員さんかな？　女性の声だった。

しかも、この口調だと、間違えて受け取った側は、そのまま使っている？

取引先の規模によっては、備蓄用か即使用かも違うので、そこはもう仕方がない。

今日配送の月見山パンさん分と間違えたってことは、即使用分だったのだろう。

特に毎回入荷量が同じなら、パッと見た量と袋に入った品種名だけでその場は受け取ってしまうこともある。

それこそ使い始めてから「違う」と気付いても、九割が同じなら〝間違えられた分だけ取り置きしておくから、早急に本来の品を持ってきて、交換してください〟で、作業を進めても不思議はない。

そうでなければ、ラインが止まってしまう。

男性が怒鳴っていたように、予定外で工場を止めるって大ごとだ。

ただ、こちらには何も届いていないってことは、先方へ行くはずだった荷物はどこへ行ったんだ？

まだうちの工場にあるのか？

ここでまた他に届けてしまったなんてことだったら、被害拡大だぞ⁉

そもそも原材料の仕入れ量なんて、同業他社には知られたくない社外秘のひとつだ！

〝それで今、御社工場のほうに別の者が連絡をさせていただいて、再出荷をお願いしていたところなのですが。何分急なことなので、取り急ぎ在庫等の確認をしてきますとのことで。こちらは待機中です〟

「――そうですか。だいたいの流れはわかりました。それで、先方へ届けられる予定だった品自体は、今どこに？」

〝それもドライバーと御社工場側の双方に確認をしてもらっています〟

だが、聞けば聞くほど、今すぐ答えが出て来る状況ではない。

「承知しました。あ、再配送用の車はうちの工場へ着いているか、もう向かってるんですよね？」

それでも、まずは工場のほうで納品予定のものを揃えてもらえば、すぐこちらに送ってもらえる。

落ち着け落ち着け――と、自分に言い聞かせて、俺は冷静さを確保する。

〝申し訳ありません！　現在、配送中につき、すべて出払っておりまして――。早くても向かえるのが夕方過ぎになるかと……〟

（――は⁉　誤配したのに、フォローするための車が手配できないって⁉　〝ぴょこんと配送、一足跳びのカエル運送〟が売り文句じゃなかったのかよ‼）

だが、カエルは自ら墓穴《ぼけつ》を掘り続けていた。

一瞬電話に向かって叫びそうになったのを堪えた自分を、今日ほど褒めたいと思ったことはない。

「しょっ、承知しました。それではこの件に関しましては、今から私も工場へ確認をしますので。のちほどまた、私か工場の担当者からお電話いたします。あ、くれぐれもドライバーの皆様には、慌てて事故のないように――と、お伝えください」

それでも俺は、これ以上の被害が出たら目も当てられないので、自分を諭《さと》す意味でも現場で事故だけはないように――と、口にした。

カエル運送は、確か四トンから十トンのトラック二十台を所有する配送会社だ。

当然契約相手はうちだけではないし、中には中距離、長距離で出てしまって――なんて車が半数を占めていてもおかしくないからだ。

〝本当に、申し訳ありません！　こんなときに、お心遣いをありがとうございます！　伝えておきます。それでは、よろしくお願いします‼〟

（あ！　電話を返す前に切られた！　ってか、切るなよ‼　一言聞けよ！　最初に話していたのは、ここの人だろう!?　俺じゃないのに――カエルっっっ！）

「よろしく」で通話を切られてしまい、俺はさらに心の中で叫んだ。

切れた電話の子機を男性に返しながら、深々と頭を下げる。

「本当に、申し訳ございません。状況はわかりました。これから担当工場へ連絡し、至急お品《しな》を手配するようにいたします。大変申し訳ありませんが、今しばらくお時間をいただけますように、お願いします」

「おっ、おう」

「ごめんね、兎田くん。いきなりで。とにかくうちは、早急に物さえ届けばいいから」

「承知しました」

俺が電話をしている間に、山貝さんが何か説明してくれたのかな？

子機を受け取った男性は、まったく事情がわからなかった俺にガーガーやったことを、かなり申し訳なく思ってくれたようだった。

俺がいったんその場から外へ出るときに、「すまないが、頼む」と会釈もしてくれた。

（よし！　なんとかしなきゃ）

そうして会社の外へ出ると、俺はさっそく発送元となっている自社の工場へ電話をかけた。

関東一帯の出荷を手がけている都下の工場へは、入社してすぐの研修で見学へ行ったことがある。

だが、それより何より記憶に新しいのは、ここには赴任してきたばかりの鷹崎部長へのマウント取り？　を目的に、「生産ラインの故障で一日入荷が遅れるから、先方への対応をどうにかしてくれ」みたいな、しょうもない嘘をついた工場長がいる。

これを教えてくれた横山課長と野原係長は、「若くして部長になったことへの見下《みくだ》しか、今のうちに頭から抑え込んどいてやろう」的な、軽い気持ちだったのだろうと言っていた。

実際は、故障なんて嘘だから、鷹崎部長に「そこをどうにか」と頭を下げさせて、「ならもう一踏ん張りする。できるだけやってみる」で遅れを取り戻したことにして、恩を売る気だったのだろう――とも、分析していた。

しかし、これに対して鷹崎部長は、「納期が遅れる事に関しては、自分が責任を持って先方に理解してもらう」と言って、あっさり受け入れた。

その上で、「ただし、遅れた事実は社名と社歴にキズを付けることになるから、お前も一緒に責任を取れ」と、辞表を片手に迫ったようで――。

さすがにこれには、工場長もギブアップした。

たんに新任部長の手腕を試したかっただけだと白状し、謝罪をすることになり、更には懇々《こんこん》と説教までされたらしく、ここは鷹崎部長の完全勝利となった。

しかも、鷹崎部長自身は、「うちのプライド高い職人集団が、ラインの故障ごときで入荷を遅らせるわけがない。そもそも、災害時でも備蓄を切らせたことがないのに」と、最初から嘘を見抜いていた上での工場突撃だったらしく――。

何枚も上手《うわて》だということを、横山課長たちにも知らしめたんだ。

おかげで、このことから二人はすっかり鷹崎部長をリスペクト！

俺が嫉妬しちゃうくらいの鷹崎部長信者になっている。

ただ、これをきっかけに横山課長たちが、自分よりも年下の鷹崎部長を「我が殿」と慕うようになったことは、今の部内円満にも繋がっている。

――が、それはそれで、これはこれだ。

そもそも上司達相手に、そんなやりとりがあった工場となったら、俺としては否《いや》が応《おう》でも構えてしまう。

スマートフォンから電話をかけつつ、胸のドキドキが止まらない。

一年も前のことだし、そんなトラブルがあったことを知らないか、すっかり忘れている人が出てくれるといいな――と、願わずにはいられなかった。

「もしもし。西都製粉東京支社第一営業部の兎田ですが。今、月見山パンさんに来ています。カエル運送さんの誤配送の件で状況を伺いたいのですが、担当者の方をお願いします」

しかし、電話を受けた事務員さんから、すぐに担当の方に代わってもらうと、更なる状況の把握に集中力が高まった。

おかげで、ドキドキするより、腹をくって話すほうに意識が向く。

「――はい。――はい。そうなんです。カエル運送さんのほうは、夕方以降にならないと車を回せないという話でしたので、今から品を揃えて、直接配送をしていただけないでしょうか？」

電話に出たのは、月見山パンの男性より、更にオラオラしたような声と口調の男性だった。

しかし、その割には、「何々、どうした？」くらいの、のんびり具合で、慌てる俺とは、かなり温度差がある。

「え？　車検中!?」

しかも、こんな時に限って、工場の社用車が使えない。

確か、常駐車として軽トラックが置かれていたはずだが、三台はあるからいける――と思っていたのに、当てが外れてしまった。

「そうしましたら、自家用車を動員するか、トラックをレンタルするか。最悪、他の配送業者をお願いするか。どうにかして至急届けていただけないでしょうか？　実は現在、月見山パンさんの工場では倉庫を改装中なんです。それで、今の期間だけ、二日に一度、必要な分だけ配送を手配していたところで……。そちらを夜に出るようでは、いっときラインを止めかねないんです」

〃――は⁉　カエルは品物の確認しか聞いて来なかったぞ。うちは発送済みだから、完全に月見山パンの分は、カエルが持って出ている。ただ、そう伝えたら、確認に手間を取る場合があるから、こちらで用意しておいてもらえれば、先にそれを配送しますって言われて。すでに準備万端、整えているんだが――、これを取りに来るのが夜なのか⁉〃

それでも俺が現在の深刻さを説明すると、相手は驚きから声を上げた。

どうりでのんびりしていたわけだ。

工場側も、すぐに車が回されてくると思っていたのだろう。

もしくは、そういうニュアンスで話をしたか⁉

本当に、もう！　カエルっっっ‼

「はい。カエルさんのほうは、月見山パンさんの状況を知らないと思うので。それで、配送が深夜になっても、間に合うだろうと高をくくったんだと思います。ですが、今お話しした状況ですので、どうにか対応をお願いします」

それでも、こうした油断というか、勝手な理解は、品物自体が小麦だからだろう。生鮮食品というわけでもないし、大体メインで使うものに関して、在庫がなくなるまで注文しないなんてこともない。

それがパン工場で小麦なら、今日の今日じゃないと困るなんてことは、想像ができなかったのかもしれない。

だからって月見山パンさん側も、半日程度までの遅れなら想定の範囲でも、注文した品が誤配送で、他社へ行った挙げ句に使用されてしまうなんて、考えもしなかっただろうけどね。

〝わかった。そうしたら、こっちで早急にトラックを手配して直送する。早ければ、三時間程度あればいけると思うが、車移動だ。どんな理由で足止めを食らうかはわからないから、夕方近くになる可能性もある。そこは上手く伝えておいてくれ。あと、カエルのほうだが、誤配中の荷物の件もあるから、この先のやりとりはすべてこちらでする。そっちは月見山パンが片付いたら、そのまま自分の仕事に戻ってくれ〟

「承知しました。大変助かります。ありがとうございます」

それでも、この場は最善の手配ができた上に、カエル運送への連絡も引き受けてもらえた。

俺は、助かった――という思いから、スマートフォン片手にその場で頭を下げた。

相手に見えるわけではないが、これはもう習慣だ。

〝なーに。東京支社の第一営業って言ったら、鷹崎のところだろう。ここで部下を邪険にしたら、また俺たちの先にいる会社や、更にその先にいる消費者のことを考えろとか、なんとか言って。辞表片手に説教されそうだからな〟

「はい？」

ただ、ホッとしたのもつかの間だった。

俺はいきなり鷹崎部長の名前を出されて、変な声が出た。

〝わからなくてもいい。とにかく、この話は工場長の俺が責任を持って対応するから、兎田とか言ったな。お前は平身低頭で詫びておけ！　ついでに社に戻ったら、工場長が助けてくれましたと鷹崎に報告をして、俺の株を上げておけ！　わかったな〟

「はっ、はい！　わかりました。よろしくお願いします!!」

まさか、話をしていたのが問題の工場長だとは思いもしなかったので、ここへ来て声が裏返った。

頭を上げて、通話を切ったときには、変な汗が出てきて、掌がじっとりしたほどだ。

（――なんなんだろう。油断も隙もあったものじゃない）

それでも俺は、すぐに月見山パンさんの社内へ戻った。

待機していた山貝さんと先ほどの男性に、今話したことを報告しつつ、

「この度は、ご迷惑をおかけしまして。ただいま、工場のほうで最善を尽くしておりますので、到着まで今しばらくのお時間をください。早ければ三時間、遅くても夕方にはお届けできるとのことですので。本当に申し訳ございませんでした」

身体を折り曲げるようにして謝罪した。

「いやいや、兎田くん。頭を上げて。それを聞いたら安心したよ。夕方までに揃うなら、ねえ――」

「ああ。さすがに、夕方には出荷元へ取りに行けますので、ご安心をって言われたときには、このカエル！　って、怒鳴りそうになったがな」

山貝さんたちも安堵したのがわかる。

――よかった。

とは思いつつ、男性が零したカエル運送の愚痴に、俺は下げた頭を抱えたくなった。

（……ああっ。それで、あんなにキレていたのか）

それでも、これに関しては、工場への発注の仕方が悪かったのもあると反省だ。

期間限定で納品の仕方が変わることだけでなく、配送にも注意してもらうように、連絡

しておけばよかった。

それこそメールだけでなく、きちんと電話をしておけば、もっと気をつけてもらえただろう。

たとえ今日のようなミスが発生したとしても、緊張感が違っているはずだ。

「本当にすみませんでした。今後はこのようなことがないように、最大の注意をしますので」

俺は、先ほどの工場長の話ではないが、これからはもっと先の先どころか、その手前のことまで考えて動かないと駄目だな——と、思った。

それこそ鷹崎部長が、うちから先の会社が、消費者がと言ったように。

俺は、その会社にきちんと届くまでのことに、もっと細心の注意を払わなければ！

間に入る配送のことまで含めて、気にしておかなければ！　と。

「もういいよ」

「そうそう。営業担当者としては、十分な対応をしてくれたと思うよ。というか、ちょっと見ないうちに、成長したね。すっかり仕事が板についていて。まさか、兎田くんのこんな姿を見られる日が来ようとはね」

しかし、ここで俺は聞き覚えのある声にハッとして顔を上げた。

その声は、山貝さんたちのほうではなく、俺の背後からしてきたので、咄嗟に振り返る。

「月見山係長？」

「今は課長だよ」

驚く俺に、そう言って笑ってきたのは、今の山貝さんの前に担当してくれていた月見山さん。

俺にとっては、とても懐かしい——それでいて、かなりお世話になった方だった。

2

改めて聞いたことはないが、年の頃は鷹崎部長と同じぐらいか、もう少し上かな？

月見山課長は、以前は国内でも屈指《くっし》のラグジュアリーホテル、マンデリン東京のベーカリー部門に勤めていた。中肉長身で人当たりがよく、またそれが顔ににじみ出ているような男性だ。

苗字からもわかるように、この月見山パンさんの経営者一族で、社長の次男さんでもある。

確か、俺が入社する三年前くらいに、家業を継ぐ準備としてホテルを辞めて月見山パンへ転職。

そして、去年の春からは、

〝幸運なことに、前職の部長が口を利いてくれてね。新作パンのアイデア探しと他国のパン作り修業として、中東から欧州にあるマンデリンホテルのベーカリー部をワンシーズン単位で周れることになったんだ〟

と言って、海外へ出ていった。

そのときはビックリしたけど、単純に勉強熱心ですごい方だな——と、関心するばかりだったのを、今も鮮明に覚えている。

その反面、入社して間もない頃の、右も左もわからない俺を相手に、いつも穏やかに接してくれた方の一人だったから、次の担当はどんな方だろう？　と、不安になったものだ。

何せ、うちでも温和な部長が大阪へ栄転、代わりに疲労困憊《こんぱい》でオラオラマックスの鷹崎部長が来たばかりだったから、ビビりな俺は（お願いだから、これ以上怖い人が増えないで！）って、日々祈っていた頃だった。

ただし、

〝大丈夫！　我が社で一番人当たりがよくて、信頼できる男に引き継いでいくから〟

月見山課長からそう言って紹介されたのは、彼の近所に住む幼馴染《おさななじ》みのお兄さん。

「子供の頃から月見山パンを食べて育った」が口癖で、「気がつけばそのままここへ就職していたんだ」と自己紹介をしてくれた山貝さんだったので、俺の不安は秒で吹き飛んだんだけどね。

ちなみに山貝さんは、常に工場と事務所の両方を行き来しているような常務さん。

最初に「肩書き呼びは好きじゃないから、なしでよろしく」と言われたので、ずっと

「さん」付けで呼ばせてもらっている。

「失礼しました。ご無沙汰《ぶさた》しております。月見山課長」

俺は彼に向きあうと、改めて頭をさげた。

懐かしくも優しい笑顔が目の前にある。

「そうそう、そうだった。実は兎田くんに早めに来てもらえないかなってお願いしたのは、今日、月見山課長が来るからだったんだよ。どうしてるかな？　滞在中に会えるようなら会いたいな——なんて、言うものだから」

俺に前倒し訪問を希望したのは、月見山課長のリクエストだったらしい。

「そうだったんですね。それは、光栄です。けど、滞在中って？」

途端に山貝さんの口調が軽くなった。

だが、理由はどうあれ俺からしたら、この場で誤配送の対応ができたことは、幸運に幸運が重なった状況だ。

社内でミーティングならともかく、出先で他社と交渉中だったら、対応ができなかった。

それこそ鷹崎部長たちに丸投げになっていたかもしれないから。

——などと思っていると、山貝さんが「ここではなんだから、奥へどうぞ」と、目配せをしてきた。

「忙しいだろうに、わがままを言ってごめんね。丁度、中東からイタリアへ留学先を変えるのに、その間に――と思って、一度戻ってきたんだ。新シリーズが好調だっていうのも聞いて、それは実物も見たい、売り場も見たいっていうのもあったから」

俺は話を聞きがてら誘導されて、フロアの側面に設置されている三つのソファーブースのうちの一つへ向かう。

男性は「それじゃあ俺は、工場に戻るから」と会社を出て行き、山貝さんは近くにいた事務員さんに「コーヒーをお願い」と声をかけている。

「そうしましたら、あのピタパンサンドのシリーズは、もしかして月見山課長の発案で？」

俺は、四人掛けで作られたソファーブースの片側に座らせてもらうと、その前に月見山課長と山貝さんが腰を下ろした。

ここは窓際に多肉植物の寄せ植えが置かれていて、鉢の中には恐竜のおもちゃも配置されているので、これと目が合うと本当にリラックスができる。

従来の応接間とは違って、多目的用に作られたと聞いていたが、社内にいながらお店へ行った気分になれて、こうしたブースもいいな――と、来る度に思う。

間に置かれたテーブルも広く、ミーティングから商談、小休止まで幅広く活用できそうだ。

事務員さんがコーヒーを置いてくれたら、ファミレスっぽく見えるのもいい。

「そう。よくわかったね。あれは課長のアイデアなんだ。大きさによっては、けっこう入るから、惣菜、主菜に拘らず、なんでも入れて試してみるといいかもね——なんて言ってきて。そのくせ、見た目は写真で確認するけど、味はそっちに任せるからよろしくって、パンのレシピだけ放り投げてきて……。本当、相変わらず調子がいいんだよ」

どうやら予想は当たったようだ。

ピタパンは中東や地中海周辺、北アフリカなんかが発祥《はっしょう》だから、月見山課長のアイデア探しが実を結んでいるってことだろう。

——だとしても、個人宅で作るわけでもないパンのレシピだけを寄こしてくるって、凄すぎる。

ホテルのベーカリーにいた経験や、自社工場で作れるパンの形や量を完全に把握しているからこそできることなんだろう。

しかも、これで自分の思い通りか、それ以上のピタパンサンドを作ってくれると考えられるのは、工場勤務の人たちへの絶対的な信頼があるからだ。

また、それに応える職人さんやパートさんたちも、達人《たつじん》としかいいようがない。

何せ、ここの設備には、ピタパンサンドをフル完成させるオートメーションラインはない！

焼き上げるまでなら既存のラインを上手く利用して——とは思うが、何種類もある具材を挟み込んで、包装ラインへ戻すのは手作業だ。

これまで作ってきたパンとは、手間のかかり方が相当違うはずだから——。

「そう言うなって。しょうがないだろう。さすがに空輸で味見をするわけにもいかなかったんだから」

「それで、味見なら社員とパートさんたち、その家族にしてもらえって。結局、うちの購買層は一般家庭の大人から子供なんだからって言われてさ。相変わらずでしょう。あ、せっかくだから飲んで。そのコーヒー豆も課長のお土産だから」

「そうなんですね。では、遠慮なくいただきます」

それにしても、久しぶりに再会するのは山貝さんも俺と同じなんだろうな。

役職や立場はあっても、幼馴染みだけあって仲がいい。

もともとアットホームな会社だけど、こうなると社員さんたちの大半が「月見山パンで育ったからね」なんて、自慢する地元民ばかりなのかも知れない。

「でも、そうしたらパートさんたちからの意見などを参考にしたら、今のヒットに繋がったってことですよね。いいことを聞きました」

俺は勧められたコーヒーをいただきながら、でもこの流れからいつ商談になるかもわからないので、気は抜かなかった。

「いや、これ――。もともとは兎田くんが教えてくれたことじゃないか。うちには大人から子供まで揃ってるから、よく企画部から味見を頼まれるって。だから私も真似させてもらっただけだよ」

「え？　そうだったんですね。でも、あのピタパンサンドはうちでも好評でしたよ。サンドイッチだとはみ出しそうな具も、ピタパンならスッポリ入っているので。特に下の子たちが食べやすいって、喜んでましたから」

「よし！　大成功だ。ね、月見山課長」

「そうだな」

――などと話していると、スーツの胸ポケットから振動が伝わった。

（メール着信だ。このタイミングで？）

俺は、会社からの可能性もあるので、いったん「すみません」と許可をとってから、画面の表示を確認した。

案の定、野原係長からだった。

本文を確認すると、どうやら工場長から連絡が行ったようだ。

その内容を読むと、俺はいっそうホッとする。

「失礼しました。今、車の手配が済んだので、予定通り出発できると連絡が入りました。よほど道路が混まなければ、午後一《いち》には到着できると思います。が、もし途中、渋滞で遅れるようなことがあれば、ドライバーから直接こちらへ連絡をさせていただきますとのことでした」

「そう。ありがとう」

俺が改めて状況報告をすると、山貝さんも安堵する。

カエルさんが駄目なら自社か他社でなんて言ったところで、荷物は五トンだ。

俺も勢いに乗じて「自家用車総出で」みたいなことまで言ってしまったが、今にして思えば無茶もいいところだ。

ましてや急にレンタル車や他社を手配と言っても、こればかりはタイミングもある。

工場の最寄りで押さえられるところがなければ、手配地域を拡大するだけ時間がかかる。

工場長が早くても三時間と言ったのは、そこまで見越した上でのことだろう。

本来、首都高などで渋滞にさえ巻き込まれなければ、向こうからこちらまで片道一時間程度で着く距離だから。

「とんでもないです。こちらの不手際《ふてぎわ》で、本当にご迷惑とご心労をおかけしてしまって。

あ、今のうちに次回分の確認をさせていただいてもいいですか？　来週には倉庫が使えるようになるとお聞きしていたので、月曜から以前の入荷数で月二回の搬送を予定していますが、変更等はございませんか？　もちろん、二度と今日のようなことはないように、工場だけでなく配送会社のほうにも伝えておきますので」

そうして俺は、話の流れにそって、本来の仕事話を切り出した。

「ああ。それで構わないよ」

「ありがとうございます。月見山課長の滞在中に、もしピタパンサンドフェアなどをお考えでしたら、是非ご相談くださいね。できる限りお手伝いしますので」

しっかり準備してきた注文増量の売り込みに、ちゃっかり月見山課長の名前も借りた。

「え！　随分さらっと売り込むようになったね」

すると、月見山課長が驚いていた。

去年、最後に会ったときには、まだまだ受注確認で精いっぱいだったし、自分のほうからフェアの提案なんかできなかった。

そもそも自分の判断だけで、どこまで割引できるかなんて頭にもなかったから、余計そうだろうな。

「我々と兎田くんの一年では、いい意味で赤子と大人くらい吸収力が違うってことだよ」

「まいったな」

月見山課長がしみじみとぼやきながら、でも俺の成長を喜ぶように笑ってくれる。

ただ、ここで山貝さんが身を乗り出した。

俺は（来る！）と思い、できるだけ冷静な対応を心がける。

「――で、兎田くん。話を出してもらったから甘えてしまうけど、ピタパンサンドのフェアに関しては、社内でも案が出ているんだ。ただ、有機全粒粉を含めることになるから、以前のフェアのときほどの割引は難しいのかな？　なんて、構えちゃってるんだけど」

「そうですね。国内外産を問わず、有機粉はどうしても割高になってしまうので、ここを大きく動かすのは難しいんですが――。その分、通常分のほうで、どうにかお役に立てないか、上とも相談をしてみます。フェア期間や量の候補が出たところで、ご連絡いただいてもいいですか？　こちらでも前回のフェア状況を元に、概算を出しておきますので」

正直、概算だけならこの場でも出せるが、それを基準にフェアの規模が決まってしまったら問題だ。

やる限りは成功してほしいが、それ以上にロスを出してほしくないので、ここは月見山パンさんが持つ現在の売り上げデータから算出してもらうほうがいい。

あとは、社に持ち帰れば、有機粉関係の割引率をもっとよく見直せるし、鷹崎部長が何かしらアイデアをくれるかもしれない。

俺としては、今日の搬送遅れを挽回《ばんかい》するためにも、ちょっとでも割り引けたらいいなと思っているから、急がば回れだ。

「ありがとう。そうしたら、今日にでも社長たちに話をしておくよ」

「はい。よろしくお願いします」

この分だと、明日明後日には、打診のメールが届くかな？

ただ、もし届いても、明日は動けないから、よほど急ぎなら野原係長に返事を頼むか、俺が夜にでもメールをするか。

待ってもらえるようなら、出社してからお返事ってことを伝えておかないと——。

「ところで、兎田くん。ちょっと早いけど、ランチの時間はある？」

大方話がついたところで、月見山課長が壁に掛かった時計を見ながら誘ってくれた。

俺は、すっかり普段使いにさせてもらっている鷹崎部長からもらった婚約指輪代わりの腕時計に視線を落とす。

針は十一時半を回ったところだ。

ここから午後一で訪問する先を考えると、食事へ行くには微妙な時間だった。

行く限りは、時間を気にして、慌ただしく席を立つようなことはしたくない。

「大変すみません。月見山課長がいらしていたと知っていたら、もっと余裕を持ってきたのですが。本日は……」

「いや、今日はこちらから急なお願いをしたんだから、気にしないで。ただ、こっちにいるのは今週だけだから、もし時間に空きができたら。頭の隅にでも置いといてもらえると嬉しいかな」

　月見山課長たちは、俺が頭を下げると、すぐに気持ちを察してくれた。

「大丈夫だよ。今の兎田くんなら、フェア交渉って言えばガッツリ覚えておいてくれるし、きっと空き時間も捻出してくれるから。ね！」

　特に山貝さんなんて、この言い様だ。

「山貝さん。いくらなんでも、そこまで不義理《ふぎり》なことは言わないですよ。フェアのこともありますが、月見山課長には本当にお世話になりましたから」

　俺は思わず笑ってしまう。

「だってよ」

「いや～。本当に処世術《しょせいじゅつ》もレベルアップしたよね、兎田くん。でも、俺としては課長より交渉最優先でお願いしたいから、そこも頭の隅によろしくで」

「山貝さんっ」

――まあ、いつになくふざけたことは言っても、仕事は仕事だ。

さらっと優先順位は念押しされたが――なんて思うも、その後は「うそうそ、冗談」って言うように、目配せをしてきた。

まるで「久しぶりの帰国だし、またしばらく帰ってこないと思うから、今回ばかりは月見山課長優先で」って言うように――。

（幼馴染みとはいえ、学年差はあるだろうに、仲がいいな。でも、月見山課長がいるのは、今週中だけか。そうしたら、スケジュールを調整して空き時間を作らないと！）

俺は、本来月見山パンさんに行く予定だったところに、他社さんの予定をずらせないかなどと考えた。

そうでなくても、鷹崎部長が「仕事でこっちへ来たというのに、顔も出せんのか」と、本社勤務時代にお世話になった取引先の会長さんから大目玉をくらって、即日大阪までお詫びに飛んだのは、つい先日のことだ。

一応、今日会っているし、仮に今週時間が取れなくても、月見山課長に限って臍《へそ》を曲げることはないと思う。

――が、それでも声をかけられたのに不義理はできない。

せっかくこの一年での成長を褒めてもらえたんだから、まずはできる限りのことをしてみないとね！

「それでは、本日はこれで」

「ああ。本当に今日は、ありがとう」

俺は挨拶をしてから席を立つと、脳内でこのあとの、そして水曜からの予定を思い浮かべた。

どこかで予定をずらして、ランチタイムかディナータイムが確保できないかと考えながら、月見山課長たちに見送られて外へ出る。

「あ！　兎田さん。これ、少しだけど食べて。確か、ご家族が多いんだよね？　その分も入れておいたから」

すると、工場のほうから先ほどの中年男性が、濃紺の不織布《ふしょくふ》トートバッグを手に走ってきた。

確認させるように開いて見せてくれたバッグの中には、具がたっぷり入った何種類かのピタパンサンドが十数個入っている。

しかも、よく見るとトートバッグは保冷用で、でも表は無地だ。

確かここには、これと似たようなもので、会社のロゴ入り袋があるはずだから、これも俺への気遣いだろう。

営業回りの俺が、ここからどこへ行くかわからないから――。

「え⁉　そんな、申し訳ないです」

俺は、いろんな意味で恐縮してしまって、声が裏返りそうだった。

「受け取ってもらわないと勢いに任せて怒鳴っちまった俺の気がすまないんだ。本当なら専務以外の上にも頭を下げてもらいたいところなんだけど、生憎《あいにく》今日は社長から工場長まで朝から出払っていて。――あ、今、出来上がったばかりだから、賞味期限は明日の夜までいける。ここは遠慮しないで。な！」

男性は今日初めて顔を見たくらいだから、普段は工場から出てこない職人さんだと思われる。

でも、今日は上役が揃っていないから、何かあれば対応に当たらなくてはいけないところで、その何かが起こってしまった。

それで、テンパっていたのもあるんだろう。

ただし、そんな彼のテンパりを怒りに変えたのは、カエルさんの対応だろうが――。

「兎田くん。彼の気持ちだから、ここはもらっておいて」

そう言うと、山貝さんも俺の背に手を当てた。

隣では、月見山課長も同意し、頷いている。

「――はい。そうしましたら、お言葉に甘えて、遠慮なくいただきます。このシリーズは、弟たちも大好きなので」

俺は、このお礼はまた後日何かで……と考えながら、この場では有り難くピタパンサンドをいただいた。

そうして「では、また」と挨拶をして、月見山パンさんをあとにする。

今日は、ランチミーティングがないから、お弁当を持ってきていない。

次の担当先へ行く途中で、立ち食い蕎麦でもいいかな――なんて思っていたから、これはこれでとてもラッキーだ。

マイボトルには会社で淹れてきた紅茶もあるし、ランチは次の得意先近くにある公園で決定だ！

もちろん、このことは野原係長に報告メールをするし、個人的には鷹崎部長にもメールをする。

ただし、間違っても誤送信だけはできないから、プライベートでの貴《たかし》さん宛は、間を開けてから書くけどね。

（――わ！　千切り人参《にんじん》キャベツとトンカツ入りのデラックスピタパンサンドだ。まさにバランス食。しかも、パンだけにしては重いなと思ったら、底に保冷剤の代わりの半解凍紅茶のペットボトルまで入ってる。この気遣い――、何から何まで見習わないと！　というか、お名前を聞いてなかったよ。名刺さえ渡していないし、大反省だ!!）

俺は、途中で立ち寄った公園のベンチで、感動と反省に苛まれた。

しかし、これらのことはすべてスケジュールにメモすることで気持ちを切り替えて、次の得意先を訪問した。


俺が社に戻ったのは三時過ぎだった。

月見山パンさんのあとに回った四社は、挨拶と受注内容の確認に世間話がプラスした程度のことだったので、割と早く済んだ。

だが、これでよしとしてはいけない。

俺の使命は今の受注量を下げることなく、追加注文をいただくか、新たな契約を結んで更に注文を増やしてもらうことだ。

そのために、相手の担当者からフェア等のアイデアを求められることもあるから、聞かれたときには即答できるように、常に何かしらは考えておかないと！

「ただいま戻りま――!?」

ただ、そんなこんなで頭をパンパンにして部屋へ入ろうとしたら、突然出入り口付近に立っていた森山さんが、両手を振って俺に「シッ！　黙って」みたいな合図をしてきた。

しかも、その両手は「あれを見ろ」とばかりに、鷹崎部長たちのデスクのほうへ向けられる。

（え？　ええええっ！）

何かと思えば、デスクで鷹崎部長が居眠りをしていた。

パソコンを前に腕を組み、パッと見たら資料でも眺めていそうな風だが、完全に船を漕いでいる。

それこそたった今、電車の中で見てきた疲労困憊のサラリーマンと同じ状態だ。

もちろん、これが他の誰かなら、直ぐに起こされるだろう。が、さすがに相手が鷹崎部長では、横山課長も野原係長も声がかけられない？

でも、俺と目が合うと森山さん同様「シッ」と口元に指を当ててきて――。

（あ～。さすがは我が殿まで言っちゃう、忠義《ちゅうぎ》のお二人だ）

どうやら横山課長と野原係長は、室内に残っていた部員に向けて「起こさないように」「物音も立てるな」「この際だから寝てもらおう」「いいな、わかったな」という視線を送り続けて、今に至ったようだ。

鷹崎部長が寝てしまってから、どれぐらい経っているのかは、さっぱりわからないが。

（そう言えば、今朝は徹夜明けって言ってたもんな――）

でも、これって部長だから気を遣っているのではなく、やっぱり日頃の仕事や生活ぶりを知っているからだろう。

俺だってここが会社でなければ、今すぐ布団を敷いて、横になってもらいたい。

「兎田」

――と、森山さんが小声で俺に外へ出るように促してきた。

一緒になって野原係長まで表に出てくる。

「鷹崎部長、よっぽど疲れているんだな」

「会社がない日は、家事育児で忙殺《ぼうさつ》されるでしょうしね。こうなったら、俺たちもこれまで以上にフォローしないと――。ですよね」

「そうだな。あ、兎田。毎度のことで悪いが、俺たちは仕事でしか頑張れない。できるときだけで構わないから、子守のフォローを頼むな」

野原係長と森山さんがウンウンと頷き合ってから、俺を見た。

「はい。もちろんです。できる限りのことはしますので」

いつもと代わらないやりとりで、いっそう部員達で結束を固めている感じがしたが、今

日はここで終わらなかった。

「いやいや、気持ちはわかるが、さすがにこれはまずいだろう」

いつの間に側まで来ていたのか、背後に虎谷専務が立っていたんだ。

しかも、俺たちに言うや否や、そのまま部室に入って、真っ直ぐに鷹崎部長の元へ向かって行く。

(え⁉　どうしてこんなときに、虎谷専務！)

どんなに忠義の人でも、虎谷専務相手に横山課長が何かできるわけがない――と思ったら、違った！

横山課長がスッと席を立った。

(うわっ！　横山課長が虎谷専務相手に、前へ立ちはだかった！　しかも、黙って身体を二つに折って、代わりに謝ってる！)

この瞬間、俺は決死の覚悟で鷹崎部長を庇った横山課長の姿に、目頭《めがしら》が熱くなってきた。

無我夢中で「俺も謝るっ！」となり、急いでデスクへ向かった。

一緒に頭を下げた。

見れば、野原係長も森山さんも同じことをしている。

当然、この場に残っていた先輩達も、誰一人漏れることなく「すみません！」と心中で声を合わせて頭を下げていた。

みんなで結託して鷹崎部長を寝かせておいたんだから、連帯責任？

もしくは一蓮托生《いちれんたくしょう》？

だとしても、一斉に頭を下げられた虎谷専務からしたら、たまったものではないだろう。

力いっぱい「やれやれ」って顔で、肩をすくめた。

しかも、そのまま頭を下げる横山課長の横を通り過ぎて、鷹崎部長の肩をポンと叩く。

「っ!?　――っ!!」

すると、突然のことに鷹崎部長がハッとして顔を上げる。

「鷹崎。部下に示しが付かなくなるほどの無理はするなよ」

「……」

今一度ポンポンと肩を叩いて、虎谷専務はクスっと笑って出ていった。

(とりあえず、怒られてない？　注意だけで済んだ!?　これって俺も、あとでこっそり謝ったほうがいいの？　さすがに、それは出しゃばりすぎ？　いっそ、七生にカメたんたん歌ってもらって、その動画を送ってみる!?)

自分でも相当混乱しているのがわかる思考だ。

だが、それでもいきなり虎谷専務に起こされて、自分が居眠りをしていた事実に気づいた鷹崎部長ほどではないだろう。

（あ――、さすがに頭を抱えちゃった）

その後、鷹崎部長は席を立つと、俺たち全員に向かって「申し訳ない」と言って、頭を下げた。

当然俺たちは、代わる代わる鷹崎部長を慰める言葉を、かけまくったのだった。

＊＊＊

定時で上がることができた俺は、帰りの車内で鷹崎部長からメールをもらった。

〝大丈夫、心配ない。虎谷専務にはきちんと謝罪した。それに、徹夜になった原因は、以前虎谷専務から預かったファイルの整理だ。そこも説明しておいたし、逆に謝ってもらったから――〟

（なんだ、そうだったんだ。でも、これってプライベートなのかな？　それともこっそり仕事？　いずれにしても、信頼関係があってのことなんだろうから、俺が出しゃばらなくてよかった！）

説明と言うよりは釈明？　のようだったが、居眠りでお説教されることにならずに、よかったと思う。

それに、偶然とはいえ、月見山パンさんからいただいたピタパンサンドがあったから、「夕飯の一部にしてください」って、みんなの前で堂々と渡すこともできた。

きららちゃんなら一個でも充分お腹がいっぱいになる大きさだったし、鷹崎部長でも二個あれば、かなり満たされる。

あとは、レトルトスープみたいな汁物があれば、ささっとすませられるし、洗い物も最低限で片付くだろう。

ただ、こうなると「他にもほしい方はいませんか？」って、聞くことになる。

〝いやいや。それは早急にトラブル解決をしてくれた兎田へのお礼だろう。ちびっ子ちゃんたちのお土産でいいと思うよ。もちろん、鷹崎部長の夕飯サポート分は、どうぞどうぞだけどさ〟

――と、ここは野原係長が「残りはうちへ」と言ってくれて。

みんなも「そうだ」「そうよ」「俺たちにまで気を遣わなくていいから」と賛同してくれたので、俺はお言葉に甘えて持ち帰らせてもらった。

昼に一つ食べて、鷹崎部長のところへ三つ渡して、それでも保冷袋の中にはまだ九個残っている。

なので、そのうちの二個はお隣に分けて、俺は七生が残こしたらそれでいいな——なんて思って、父さんにもメールをした。

すると、すぐに返信が届く。

〝了解。助かるよ。そうしたら、今夜は頂き物を中心に献立《こんだて》を考えておくね〟

汁物や、これ一個では足りない分は作ることになるが、それでも普段の半分以下の量で済むだろうから、父さんも喜んでくれた。

「ただいま～」

そうして俺は、お隣へピタパンサンドを差し入れて、エリザベスとエイトもここぞとばかりに撫でまくってから帰宅をした。

「ひっちゃ～っ！　おっかーっ」

「わーい。ひとちゃん、お帰り！」

「お帰りなさい、寧くん！　わーい。今夜はみんな一緒に晩ご飯だ～っ」

先にお風呂を済ませていたのか、パジャマ姿の七生と武蔵、樹季がドタドタ走り寄ってきた。

「今夜はクラムチャウダーっていうシチューだよ」

「ピラフもあるって！」

「パンパンね～」

そう言って俺の手を引き、背中を押して、ダイニングへ向かう。

テーブルにはサラダだけが盛られたプレートが置かれて、シーフードミックスとミックスベジタブルで炊かれたピラフが大皿に盛られて用意されていた。

「お帰り～。あ、双葉は風呂な」

「お帰りなさい、寧兄さん」

そこへ充功と士郎が二階から下りてきた。

この分だと、双葉も直ぐに出てくるだろう。

「ただいま。そうしたら、着替えてくるね」

「はーい」

俺は、ピタパンサンドが入った保冷袋を樹季に渡して、ダイニング続きのリビングから自室へ入った。

「ふふふっ」

「へへへっ」

すると、七生と武蔵があとを着いてくる。

俺がいそいそ着替えるのを見ながら、なぜか二人揃って身体を横に揺らしている。

ご機嫌な笑顔だ。

「何？　いいことでもあったの？」

「ひとちゃんが一緒だから～」

「ねーっ」

「そっか～。ありがとう！」

家着に着替えて、スーツをハンガーにかけ終えたところで、俺は二人に両手を伸ばして、ぎゅ～っと抱え込んだ。

(可愛い～っ)

昨夜は日曜出勤だった上に、夕飯も済ませて帰った。

もともと平日の夜は、俺だけが遅れて食べ始めるか、あとで一人で食べることも少なくなかったから、「いただきます」から一緒というだけで、喜んでくれる。

こんなに幸せなことはない！

ついでに七生のオムツ尻もパフパフして、一日の疲れも吹き飛ぶ。

「さ、ご飯にしようか」

「あーいっ」

「はいっ！」

そうして俺がダイニングへ戻ったときには、すでに双葉もお風呂から上がっていた。

テーブル上にはカップに入ったクラムチャウダーが追加されており、なぜかピタパンサンドが三分の一とか四分の一にカットされて、プレートの上にまんべんなく配られている。

「――え!?　これじゃあ、ぺたんこパンのサンドイッチになってない？」

「うん！　士郎くんに分けてもらったの！　だって具が二種類あって、パンが七つしかなかったから!!」

「――ああ、そっか。ありがとう」

数は頭に入っていたが、中の具のことまでは考えていなかった。

けど、士郎にやってもらったと言うだけあり、配分が絶妙だ。

父さんから充功まで同じくらいの量で、士郎から七生までは確実に食べきれて、なおかつピラフもちょっと食べられるくらいが配られている。

しかも、一度ラップで包んでカットされているから、サンドイッチ状態になっていても、そこまで崩れなさそうだし、何より七生の手には丁度よいサイズだ。

「さすがは士郎だね」

「でしょう！」

この分だと、士郎に頼んだのが樹季ってことかな？

我がことのように胸を張っているが、とうの士郎は何か突っ込みたそうな顔をしている。

「さ、いただこうか」

それでも父さんの一言で、全員が着席すると、声を揃えて「いただきます」をした。

「あ、そのまま食べていていいけど、ちょっとだけ写真を撮らせてね。くれた方にお礼をしたいから」

俺は家着のポケットからスマートフォンを取り出すと、さっそくカメラアプリを開いて、弟たちが美味しそうに食べているところを撮っていった。

後日、何かお礼に添えて「ご馳走様でした！」をするために。

次はきちんとお名前を聞くために――。


夕飯を済ませて片付けをしたあと、弟たちは二階へ上がっていった。

明日は火曜だが、参観と懇談会の都合で、七生も保育園だ。

二日続けてになるのは初めてだから――と、武蔵が「早く寝て、元気で行くぞ！」なんて言って、七生を早々に寝かしつけてくれた。

助かるなんてものじゃない！

樹季は「今からドキドキしてきた！　眠れるかな？」なんて心配そうにしていたが、士郎の報告メールによれば、武蔵と一緒になって七生を寝かしつけていたら、すぐに眠ってしまったらしい。

かなりしっかりしてきたように見えても、まだまだ樹季も可愛いや！

そして、そんなメールを俺にくれた士郎は、明日の全校集会の議題整理があるとかで、もう少し充功の部屋で起きている。

ついでに充功の宿題も見ておくね——と書いてあったのを読んだら、噴き出しそうになってしまった。

双葉はそんな士郎が用意した、大学入試の過去問題集を今夜もせっせと解いている。

「寧。コーヒーが入ったよ」

「ありがとう」

俺は士郎にお礼の返信をしてから、ダイニングテーブルに着いた。

父さんにだけは声をかけて、残ってもらっていた。

明日の幼稚園から中学校までの移動予定の確認もあるが、自分も役員を受けようと思っていることを話したかったからだ。

特に、父さんが引き受けると言ってくれてた幼稚園のを——ね。

「うーん。そこは父さんが寧がって考えなくていいんじゃない。あくまでも兎田家で受ければいいことだし。実際、その場にならないと、なんの役員に就くかもわからない。父さんが受けても、そのときの〆切によっては、結局寧にお願いね――なんてこともあるし。その逆もあるからね」

「あ、そうか」

「それに、きららちゃんのことを気に掛けて役員を引き受けるんなら、今年だけでなく、きっと来年もってなる。小学校に上がるわけだし――。まあ、生徒間なら、士郎や樹季も気にしてくれるだろうから、そこまで心配はしてないけどね。何せ、そのために樹季は士郎を支配者にするんだって張り切っているわけだし」

「うん――。そう言われたら、そうだった」

けど、これは俺の考えすぎだった。

確かに「こっちは俺が」とか「あっちは父さんが」っていうのは、今更分けてどうするって話だ。

特に、現段階では武蔵の保護者として引き受けるわけだし。

仮に、きららちゃんが来た秋以降であっても、そこは変わらない。

俺が鷹崎姓になるわけでもないんだから、父さんの言うとおりだ。

(――って、実際苗字はどうするんだろう？　結婚前提で婚約までしているけど、いざ結婚ってなったときに、同居以外に発生することって、どんなこと⁉)

もっとも、こうなってくると、役員の話どころではない。

俺は、余計なことには気が回るのに、肝心なことが頭からいつも抜けている気がしてならない。大反省だ！

そんな俺を見た父さんが、コーヒーカップを手に、クスッと笑う。

「あと、これは――父さんからと言うよりは、蘭《らん》さんを含めた二人からのアドバイスだと思ってほしいんだけど」

「二人からの？」

ふっと父さんの視線が、リビングに置かれた仏壇の遺影に向かう。

「もっと私たちの友達を信じて。そんなに警戒しなくても、何があってもママ友、パパ友たちは我が家の味方よ。たとえ寧が、鷹崎さんと結婚することになりましたって報告をしても、〝すごいすごい、そんな年になったんだ。おめでとう〟しか言わない人たちだから、もっと大船に乗った気でいて。安心して。きっと蘭さんも、そう言うと思うんだ」

「あ」

ここでも俺は、ハッとさせられた。

自分では、そんなつもりはなかったが、父さんが言うくらいだから、ものすごく構えていたんだろう。

明日の懇談会や、そこで久しぶりに会うだろう保護者さん達に対して――。

「寧は常に弟たちを守ろうってしてくれたためか、自分以外のことには警戒心が強いからね。無意識のうちに、心配して先回りっていうのが習慣化しているんだと思う。けど、父さんも母さんも、もちろん寧たちも、この町の人たちとは上手くやってきた。少なくとも、いがみ合うことはしてきてないんだから、大丈夫だよ」

父さんはコーヒーカップをソーサーに置いて、ゆっくりした口調で話を続ける。

（少なくとも、いがみ合うことはしてきていない――か）

本当にそうだ。

それは俺だって、常に意識してきたし、自分が嫌われないことが弟たちを守ることにも繋がるって思って、できるだけ気を配ってきた。

けど、だからといって、前の土地では兄弟が多いって理由だけで、からかいやいじめの対象にしてきた相手がいたことは忘れていない。

この辺りは双葉も充功も通ってきた道だし、士郎にいたっては、頭がよすぎるって理由で虐《しいた》げられた。

それも子供同士だけでなく、その保護者からまでだ。

理不尽なんてものじゃない！

それもあって、俺は気持ちのどこかに（人間は自分と違う相手に対して攻撃的だ）っていう感覚を根付かせていたんだろう。

それが無意識のうちに、過度な警戒心に繋がっているのかもしれないが――。

「まあ、だからといって。みんながみんな無条件で味方だとは思っていないよ。でも、人って疑ってかかる相手には、やっぱり身構えるだろう。だから、まずはこの人は大丈夫なはずって目で見て、その結果で対応を決めていってもいいんじゃないかな？　もちろん、見るからに攻撃的な相手にまでとは言わないし」

俺は父さんの話を聞きつつ、そっと深呼吸をした。

「ただ、父さんからすると――。あんなに素敵な鷹崎さんときららちゃんだよ。誰でも率先して親しくなりたいとか、何かあっても力になりたいって思うんじゃないかな？　だから、そんなに心配しなくても平気だよ。とは思うんだけど」

すると、父さんがここへ来て、ぐうの音も出ないようなことを言う。

俺はこの瞬間、鷹崎部長の居眠りのこと、そしてあの場の全員で虎谷専務に頭を下げたことが頭に浮かんだ。

――と同時に、俺が鷹崎部長やきららちゃんに対して、できる限りのことがしたいと思うのは愛情からだけど、「何が何でも守りたい」までは驕《おご》りだ。

独りよがりだと反省が起こった。

だって、鷹崎部長は自身の仕事ぶりやそれに伴う魅力で、虎谷専務が相手でも怯まず盾になるような部下を持つ人だ。

獅子倉部長を初めとする同期の人たちからの信頼も厚いし、何より会社の上層部からだって何かと頼られ、認められている。

きららちゃんだって、今の園にはお友だちがいっぱいいるし、先生たちからも保護者さんたちからも可愛がられていて――。

それはお迎えに行ったときにこの目で見ているし、実感もしていたんだから！

「うん。そう言われると、そうだね。なんか俺、本当に肝心なことを見落として、暴走しかけてたのかも知れない」

俺は、父さんに「気づかせてくれて、ありがとう」って頭を下げると、少し冷めてしまったコーヒーに手を付けた。

父さんがコーヒーメーカーで淹れてくれるのは、いつもスッキリと口当たりのよいアメリカンのはずだけど、今夜はちょっと苦く感じる。

これって、反省に比例するのかな？

「ところで寧は、引き受けるならどんな役員がいい？　さすがに今年は幼稚園と中学校で手いっぱいかなって思うけど。卒園、卒業の学年って、普段とは違う役も増えるから」

そしてここからは、改めて明日決める役員の話をした。

父さんも、今年は充功のことが気になると言って、中学のほうも頑張ると決めていた。

受験がどうより、やっぱり一番の心配は夏のにゃんにゃんミュージカルへの出演だ。

充功に応援団長を断られた学年主任の先生は、どうにか理解してくれたようだが――。

それにしたって、運動会での演舞《えんぶ》――ソーラン節でのセンターありきの納得だったくらいだからね。

役員仕事に時間を取られるのは大変でも、ここは学校への行き来を増やして、先生たちとの交流を増やすことで、充功のフォローをできるようにしておかないと！

「そうだね。父さんは何がやりやすかった？　というか、これまでにうちがやったことのない委員って、何が残ってたっけ？」

「う～ん。一通りはやった記憶があるけど、小学校が多かったよね。中学では双葉が二年生のときに引き受けたのが最後だから、だいぶ間が空いているし」

その後も俺と父さんは、あのときの役員はああだったとか、このときはこうだったなどいった。

の経験話を持ち出しながら、「引き受けるならこれかな」っていう候補をいくつか出して
そして、ある程度決まったところで、今夜は終了！

「それじゃあ、明日はよろしくね」

「うん！」

父さんはこれからまだ仕事をすると言って、三階へ上がっていった。

俺は自室で寝支度を整えると、今のことまで含めて月見山パンさんでの誤配送の件や、工場長のこと、何よりカエル運送の件から起こった反省や、今後の方針などをメールにまとめて、鷹崎部長へ送った。

（――あ、鷹崎部長から電話だ）

すると、鷹崎部長はメールではなく、電話をかけてきてくれた。

「もしもし」

〝寧？　今、大丈夫か〟

「はい」

けど、第一声は「兎田」ではなく「寧」だった。

なので、俺も「貴さん」と呼んで話を始めた。

〝今日はいろいろ、すまなかったな。それに、今後のことでも、気を遣ってもらって。メールじゃなくて直接言いたかったから。本当に、ありがとう〟

「――そんな。俺のほうこそ、朝から晩まで反省しきりで。でも、俺も声が聞きたかったので、嬉しいです」

そうして三十分くらいかな？

俺は、鷹崎部長と今日の出来事についてや、ピタパンサンドの感想などを話して、通話を終えた。

彼からの「おやすみ」と優しいキス音が耳に残るうちに、眠りについた。

3

翌朝、火曜日――。

「なんか、寧兄に見送られるのって、不思議な感じ」

「だよね」

「参観とか頑張ってね。いってきます」

「ありがとう。いってらっしゃい」

普段は一番に家を出る俺だが、今朝はその三十分遅れで家を出る双葉を見送った。

双葉は都立校の中では新しくて設備もいい、新副都心にある都立台場高校へ通っている。

考えるまでもなく、新宿で下車する俺より、通学時間は長い。

乗車時間だけを見ても倍だ。自分で決めたとは言え、よく通っている。

ただ、隣町に住む隼坂くんとは、最寄り駅が同じだから、行き帰りは一緒だ。

帰りはその時々のようだが、行きは待ち合わせて行っている。

（これから、つかの間のデートかな？）

そんなことを考えてしまうのは俺だけで、多分本人達はそういうつもりもなく、会話にしてもエリザベス親子のことや、受験のことなんだろう。

（一年は長いようで短い――。ファイトだ、双葉！）

そして、次に家を出るのが樹季と士郎と充功。

「寧くん、いってきまーす。楽しみに待ってるからね！」

「寧兄さん、いってきます。無理しないでね」

「いってきま～す」

「「あ、寧さん。おはようございます！」」

俺が見送りに玄関先まで出ると、そこには充功の不思議な音痴《おんち》具合を俺に教えてくれたお友だち二人が迎えに来ていた。

今年度も士郎と樹季を小学校まで送ってから、中学校へ行っているようだ。

一人っ子の彼らが言うには、「お兄ちゃん気分を味わう貴重な送迎タイム」らしい。

見れば、樹季のセカンドバッグを持ってくれている。

士郎はさすがに「大丈夫です」と断っていたが――、樹季！

気がついたら学校の支配者になっているのは、こっちじゃないか？　と思えてくる。

「いってらっしゃーい！　みんな、気をつけてね～っ」

「バウバウ！」

「パウ」

お隣からもエリザベスとエイトがお見送りだ。

俺は、二匹にも「おはよう」と声をかけてから、足早に中へ戻った。

ゆっくりもふもふしたいところだが、今日はここからが本番だし、忙しいからね。

（うーん。それにしても、五、六年生たちに〝お願い〟と称して、結局は世界で一番自分に甘いだろう士郎を児童会長の座に着かせて、なおかつ充功とその友達に王子様扱いをしてもらって、これって完全にバックボーン作りに成功してるよね？　本人は常に〝うふふ～っ〟って、美少女バリの笑顔でひょうひょうとしているけど。小悪魔がちゃくちゃくと悪魔に成長しているように思うのは、俺だけか？　いや、きっと充功や士郎も気づいているはずだよな――）

それでも俺は、久しぶりに充功たちを見送ったら、無性に樹季のことが心配になってきた。

予兆《よちょう》は感じていたが、俺の想像以上にすくすく育っている？

もっとも士郎は、樹季に対して世界で一番甘いお兄ちゃんであると同時に、一番厳しいお兄ちゃんでもあるから、常に注意して見てはいるだろうが――。

　まあ、樹季は何をしたら士郎に嫌われるかっていうところは理解をしているから、間違ってもおかしなことにはならないだろうけどね！

（でも、俺自身も意識して見ておかなきゃな。ああ見えて、変なところで樹季は我慢強いというか、何かあったときに親兄弟に報告をしないタイプだ。他の兄弟に何かあれば、すぐに言ってくるのに、自分のことでは手間は掛けたくない――告げ口になるみたいな、感覚っぽいから。多分、上もみんなそんな感じだから、いつの間にか身についちゃってるんだろうけど――）

　俺がリビングダイニングへ戻ると、父さんが朝食の後片付けを済ませていた。

「あ、寧。父さん、着替えてくるから」

「はい」

　いそいそと自室へ向かった父さんと入れ違うようにして、武蔵と七生が下りてくる。

「ひとちゃん！　七生の準備もできたよ」

「ひっちゃ！　なっちゃよ～っ」

　誇らしげな顔で「見て見て」してくる二人が、今朝も絶好調で可愛い。

　しっかり登園準備もしていて、七生は普段着の上に保育園用のスモックを着て、リュックと帽子は手に持っている。

武蔵もきちんと制服を着て、帽子やリュックも手に持って——と、見ていたら、靴下だけ履いていない。

「すごいね。あ、武蔵。靴下の洗い置きって、上になかった？」

「——!?　七生のお着替えしてたら、忘れてた。履いてくる！」

自分のことは後回しだったようだ。

ハッと気づいて荷物を俺に渡すと、慌てて二階へ走る。

「あらま〜っ」

しかも、それを見ながら、七生が両手で口を押さえて「ぷぷぷ」とした。

（え!?　それはどこで覚えた？　あ！　きららちゃんかな？　あらあらとか、まあまあとか。最近、お隣のおばあちゃんの口癖かなって思うような言葉が増えていたから）

驚きつつも、俺は気分よくお尻を振っている七生を見ると、これはこれで関心してしまう。

「七生。武蔵が戻ってきたら〝ありがとう〟だよ。七生はちゃんと靴下を履いてるんだからね」

「あーい」

双葉や充功も気がついたら、俺や父さんの心配までするようになっていた。

士郎はもともと頼りになる存在だったが、それが更に頼もしくなり、樹季もここはいい影響を受けている。

きららちゃんが引っ越してくることで、これからは更に下が増えるんだ！　って、気合いも入っているのだろう。

そして武蔵は、七生が週三とはいえ、保育園へ行くようになったからか、お兄ちゃん具合に磨きがかかってきた。

当然、きららちゃんのことも頭にあるだろうし――。

「武蔵はいいお兄ちゃんだね」

「ふへへ～っ。なっちゃ、むっちゃ、だいだいよ～」

「そうだよね～っ」

また、七生は七生で保育園という、家とは別のコミュニティの存在を知ったことで、武蔵の存在というか、有り難みを再認識しているようだ。

ただし、初っぱなから幼稚園のほうのお友だちと対峙したせいか、どうしてか「武蔵は俺が守る！」みたいなことになって、張り切っているけど。

でも、ようは昨日の俺って、この七生のノリに近かったんだろうと思うと、反省以上に恥ずかしくなってきた。

なんて考えていたら、ドドドと音を立てて、武蔵が戻ってきた。

「ひとちゃん！　靴下履いてきた～っ」

「むっちゃ。くった、ちーよ？」

「――ん!?　あ！　長さが違う！　もう一度行ってくる!!」

よほど慌てていたのか、洗ったあとに組み合わせを間違えていたのか、武蔵は七生に左右の違いを指摘されると、再び二階へ走っていった。

（くくくっ！　朝からこれって――。大変は大変だろうけど、父さんなら毎朝笑って〝今日もいい日だ〟とか思っていそうだな）

もう、なんて可愛いんだろうか！

その上面白いなんて、武蔵も七生もすごすぎるよ。

「あれ？　寧は着替えてないの？」

しかし、ここで受けて笑っている場合ではなかった。

家着からシャツにスラックス、薄手のジャケットに着替えてきた父さんが、寝起きのスウェットスーツ姿のままでいた俺を見て驚いている。

「――あ！　今、着替えてくる」

「あらま～っ」

今度は俺が七生にクスクスされながら、自室に戻って私服に着替えた。

(あーあ。七生に言われちゃったか)

保護者として行くにしても、さすがにスーツは大げさだ。

かといって、上はともかく、下はジーンズになってしまうが、シャツとジャケットでよそ行き感を出していけば、大丈夫かな？

(――よし！　これでいい。変に頑張っても、俺が親ではなく、長男だってことは知っている人がほとんどだしな)

着替え終えると、俺はスマートフォンと財布、ハンカチだけをジャケットのポケットへ突っ込んで、リビングへ戻った。

「お待たせ」

「わーい！　とうちゃんとひとちゃんで参観日～っ」

俺を見るなり、今度こそ完璧に支度を終えただろう武蔵が、手を握ってくる。

「やっちゃ～っ」

反対側には七生だ。

「そうしたら、行こうか」

だが、俺が二人に手を引かれて一緒に行けるのは、玄関までだった。

「うん。あ！　でも、俺は自転車で追いかけるよ。そのほうがあとの移動が楽だし」

結局、父さんといろいろ相談した結果、俺が参観メインで回りたいのは確かなので、このさい幼稚園、小学校、中学校の全部を観せてもらうことにした。

その分、父さんが幼稚園の参観のあとで懇談会、それから小学校、中学校の懇談会に顔を出すってことになってしまったが――。

途中で懇談会の時間が延びなければ、小・中も多少は観られる。

仮に、間に合わなくても、自分はいつでも覗きに行けるからと言ってくれて、その言葉に甘えさせてもらうことにしたんだ。

「それなら寧が運転していけば？」

「平気平気。普段から営業回りで足腰を鍛えてるから」

俺は、玄関で自転車の鍵を手に取った。

そして、武蔵と七生には、車へ乗るように誘導する。

七生は「それなら自転車で一緒に行きたい！」という顔で俺を見上げてきたが、ここは武蔵が「七生、いい子はここに座るぞ！」と言って、先手を打ってくれた。

俺も七生の背中を押しながら、チャイルドシートへ座らせる。

父さんには、先に運転席へ着いてもらう。

「――そう言われると、そうだね。そうしたら、父さんが車に乗っていくけど――。今後のことを考えたら、もう一台いるのかな？　さすがに鷹崎さんの車は、普段使いには向かない――、あ。すでに普段使いなんだっけ」

「まあね。チャイルドシートとケージがセットされてるからね。ただ、麻布ならまだしも、ここで普段使いってなったら、確かに目立つよね。俺用のセカンドカーって名目なら、中古でも充分だし。何より、春休みのうちに双葉にも免許って考えたら、確かにあったほうがいいかも？」

俺は、七生と武蔵のシートベルトを確認しながら、父さんと話を続けた。

思いがけない内容だったが、これは要検討だ。

何せ、鷹崎部長の愛車はバイブラントレッドのフェアレディZ《ゼット》・ST《エスティー》というスポーツカータイプ。

そして、うちのは自家用ワゴンだが、十人乗りなので、正直言って小回りは利かない。

家族全員で出かけるときはいいけど、個別にちょっとそこまで――となったときに、軽自動車がもう一台あったら、楽なことに間違いはない。

ただ、中古で買うにしても、その後の維持費まで考えると、即決はできない。

今日みたいに、この辺りを行き来するだけなら、自転車でもどうにかなる。

何より、今のところ我が家には車通勤者がいないから、トータルで考えたときに、必要な時だけタクシーとかレンタルとかってことのほうが、お得ってこともあるからね。

「そうしたら、今度また、ゆっくり話そう。今でもうちとお隣で四台は置けるから、スペース的には問題無いし」

「うん。そうしよう。それじゃあ、園で！」

俺はワゴンの後部席を下りると、ドアを閉めた。

武蔵と七生には「あとでね」と手を振り、先に車に出てもらう。

（よし！）

そうして、今一度玄関の戸締まりをチェックしてから、俺は自転車に跨がった。

「バウバウ」

「パウ！」

「あらあら、寧ちゃん。これから？　気をつけて、行ってきてね」

「はい。ありがとうございます！　行ってきます‼」

隣からはエリザベスやエイトだけでなく、おばあちゃんも出てきてくれて、みんな気持ちよく見送ってくれた。

俺が幼稚園へ着くと、駐輪場では父さんたちが待っていてくれた。

「ひっちゃ！」

「ふふふ～」

自転車を駐めて下りたら、ここでも武蔵と七生が両手を繋いでくる。

こうして俺が園へ一緒に来るのは、何かしらの行事か、父さんが入院で送れない！　なんてときだから、珍しいんだろうな。

父さんも、そこはわかっているから、今日ばかりは自分の両手が空《から》でも笑っている。

「さすがに朝一番から参観に来る人は少ないか」

俺たちは正門へ回って、幼稚園の中へ入った。

周囲を見ていると、登園時間に合わせて園児を送ってくるも、そのまま帰宅する保護者がほとんどだった。

「そうだね。朝から自由に観てください――とはいえ、懇談会は十一時からだ。三十分から一時間前が、一番混むと思う」

「それじゃあ、ここからは交互に観ようか。あとで報告会もできるし」

「了解。そうしたら、父さんは七生を預けがてら保育園から観ていくから、寧は武蔵のほうから、お願いしていい」

「うん。わかった。それじゃあ、あとでね」

俺は、父さんと順番を決めると、小さな七生の手をぎゅっと握り締めてから、そうっと放した。

「ひっちゃ〜っ」

「あとで見に行くから、みんなと仲良く遊んでて」

「俺もあとで行くからな！」

「ぶ〜っ」

当然、七生はほっぺたを膨らませていた。

それでもここで諦めて父さんに手を伸ばしたところを見ると、俺が思う以上に成長している。

武蔵の影響も大きいんだろうけど——。

「じゃあ、武蔵も頑張ってね！」

「はい！」

そうして俺は、昔の長屋みたいだな——なんて思う、平屋造りの園舎に向かい、武蔵を下駄箱まで送った。

上履《うわば》きに履き替えたところで、先に教室へ向かわせて、しっかり後ろ姿を見送ってから、来賓用のスリッパに手を伸ばす。

その後は、下駄箱脇の事務所で受け付けをして、保護者の見学を示すバッチ――今年はさくら組だから桜の形――を借りて胸元へ。

去年まではなかったシステムだが、今年からは不審者対策強化として導入したらしい。

なんだか世知辛《せちがら》い世の中だな――と感じつつも、保護者としては、こうした園の配慮は心強い。

俺は、武蔵のあとを追うように廊下を進む。

通りすがりに教室の窓から、年少さんのクラスを覗いたりもできる。

――あ、我が子だけを見るのではない俺みたいなのがいるから、保護者同士でもひと目でわかるようにバッチ導入ってこともある？

（これから、朝のご挨拶かな？　制服は同じでも、武蔵に比べたら、みんな小さいな。可愛い）

参観や懇談会があっても、保育園や幼稚園は通常通りだ。

むしろ、普段のままを観てもらうことが一番という方針の園だから、懇談会が始まる時間までは、どこでも自由に見学ができることになっている。

「あら、寧くん。おはよう。今日は会社は？　まさか、兎田さんの体調でも悪いの？」

――と、ここで俺は、職員室から出てきたベテランの鈴原《すずはら》先生に声をかけられた。

三十代後半くらいかな？

彼女には士郎も樹季も年長さんのときにお世話になって、武蔵は年少さんのときに見てもらった。

今年は若い先生たちのサポートに徹するみたいで、担任は持っていないと聞いている。

「おはようございます。今日は、どうしても俺も観たくて、有休を取ってきました。もちろん、父も来ています。今、七生のほうに行っていて。ただ、ここから俺は、小学校と中学校も観て回るので、懇談会には父だけが参加することになりますが」

「そう。相変わらず、弟さん思いね。――あ、そうだ。こんなときに、ごめんなさい。武蔵くんの自習時間用の字書きノートが昨日で終わってしまって。こちらで追加を出したいんですけど。今、了承のサインっていただけますか？」

すると鈴原先生が、思い出したように園内で使用する消耗品の話をしてきた。

園置き用の字書きノートは、使用量に個人差があるから、こうして使い終えたときに追加注文をする形だ。

いつもは、園からのお便りとして、武蔵が持って帰ってくる。

「はい。確かお支払いは――」

「月謝と一緒に引き落としですので、サインだけいただければ」

「わかりました」

俺がこの場で了解すると、「では、こちらへ」と職員室へ案内された。

すでに各クラスで授業が始まっているので、この場には園長先生だけが残っていたが、丁度保育園のほうに顔を出すとかで、入れ違いになる。

「では、こちらを確認の上、サインをお願いします」

「はい」

鈴原先生は、用意していた伝票と昨日使い終えたというノート、そして新しいノートの三点を俺に手渡し、ペンを用意してくれた。

俺は先に伝票にサインをしてから、使い終えたノートの中を見せてもらう。

「わ～、けっこう書いてるんですね」

ノートは幼児の手にも収まりやすいＢ６版サイズのもので、百ページくらいかな？

一ページに五文字分のマス目が二行、十文字が書けるように印刷がされた園のオリジナルだ。

年少さんから使うものだから、あえて大きめの文字で書けるようにしてあるらしい。見開きにしても二十マスだし、園児にとっては「いっぱい書かなきゃ」ってプレッシャーになることもなく、丁度いいのかな？

むしろ、すぐに埋まって、達成感を味わえそうだ。

武蔵も最初から最後まで、同じペースで書いているのがわかる。

（ひらがなだけでなく、いつの間にかカタカナまで！　すごいっ!!）

それに、園児にしては、けっこうしっかりした字だと思うのは、身内の贔屓目《ひいきめ》？

俺は改めて見る武蔵の文字に、今にもニヤけそうになってしまう。

「士郎くんの影響でしょうかね？　樹季くんも一年に一冊は使っていましたけど、武蔵くんはこれが六冊目なんです。すでに年二冊ペースを超えているんですよ」

「そうなんですね」

「え!?　もっと驚いてくださいよ。これって、すごいんですよ！」

――が、ここでいきなり鈴原先生が声を上げた。

俺としては、ニヤけているのがバレないように返事をしたつもりだったが、いけなかったらしい？

「そ、そうなんですか？」

とはいえ、何がいけなかったのか、よくわからない。

すると、俺を見る鈴原先生の顔が、キリッとした。

「はい。もともとが月に何回かあるだけの自習時間用なので、他の子はお絵かきをしたり、本を読んだりしているので、字書きの練習ノートは、三年で一冊使い切るぐらいが平均なんです。なので、武蔵くんのペースは、当園創立以来の快挙《かいきょ》ですよ。士郎くんは年長からだったので、三年居たらわからないですが。でも、一年平均で考えたときに、武蔵くんは士郎くんと同じくらいか、もしかしてそれ以上の字を書いてるってことなんです」

突然の熱弁に、俺のほうがビックリしてしまう。

ただ、士郎の名前まで出して、凄いことだと褒められたのはわかる。

あとは、俺が思う一ページ十文字と、鈴原先生の言う園児にとっての十文字は、相当違う大変さを持っている。

だからこそ、もっと保護者として驚いたり、喜んだりしてくださいってことなんだろう。

そう言われれば、嬉しいし誇らしい。

だが、同時に俺は、不安も覚えた。

「――待ってください。逆を言えば、うちの弟たちは、字ばかり書いていたってことですか？　その、他のことはしないで、勉強的なことばっかり？」

確かにこの幼稚園は、この界隈《かいわい》にある園の中では「楽しくお勉強」に力を入れた幼稚園だ。ひらがなやカタカナどころか、簡単な英会話の時間があったり、演奏会は小学生レベルにまで引き上げるような教え方をしてくれたり、とにかく先生方が熱心だ。

ここから名門私立の小学校受験をする子も、毎年何人かいる。

その上、うちでは士郎が樹季や武蔵をかまううちに、上手く鉛筆が持てるようになって、字を書けるようになっていた。

多分、樹季が士郎に甘えるだけでなく、憧れている部分もあるから、自分から真似をしたくて、学んだのもある。

そして、それが武蔵にもいい影響になっているとは思うが、自分や双葉、充功が園児の頃を思い出すと、なんだかできすぎていて急に不安になった。

充功なんか、しょっちゅう教室から脱走していたし、双葉はお習字の時間にハナマルだけを書いて「ふた、じょーずー」って、喜んでいた強者だ。

強烈すぎて、今でも持って帰ってきたハナマルだけの半紙を思い出せる。

けど、そもそも園児ってこんなもんじゃない？

うちでは双葉がトータル的に何でもできるスーパーマンタイプだと思うが、それでも園児の頃は、今の武蔵ほどしっかりしていた記憶はない。

さすがに充功が生まれてからは、徐々に意識が変わったようには思うけど――。

「いいえ。樹季くんはお絵かきも好きでしたし、武蔵くんは絵本もよく読めます。偏っている感じはないですよ。ただ、自習なので、できるだけ本人が一番したいことをさせていたら、字の練習になるみたいで。なんていうか、最初から周りの子たちより書けていたので、すごいすごいって、褒めてもらったことで、弾みがついたんじゃないかと――」

俺の心配は不要だった。

(なんだ！　お友だちに褒められて舞い上がった結果なのか！)

むしろ安心するくらい、園児の思考だ。

得意げな武蔵の顔が目に浮かぶ。

「あとは、今年から七生くんが通い始めるってなってからは、自分が教えるんだって、いっそう張り切っていて。そして、きららちゃんでしたっけ。以前、園にも遊びに来てくれたお嬢さんが、字を書くのが上手だから、負けられないみたいなことも言ってました」

七生に教えたくてに加えて、大好きなきららちゃんに――と聞いたら、ますます頑張っている動機が武蔵らしくて納得だ。

あとは、自分を貶めるわけではないが、こうした動機の他に士郎の存在があったのだから、樹季や武蔵が当時の双葉や充功よりしっかりしてみえても、不思議はない。

双葉や充功は、俺の影響が大きかっただろうし――。

そう考えると、兄弟全員どころか、きららちゃんの影響まで受けて育っているだろう七生が、やっぱり最強説なのかな？

これは本当に末恐ろしいぞ！

「あ、そういうことだったんですね。ありがとうございます。安心しました」

俺は、一通り見終えたノートをいったん鈴原先生に返すと、改めて会釈をした。

すると、「新しいノートの名前は、どうされますか？」って聞いてくれたから、俺は表紙を開いたところに〝すごい！　６さつめ。ひとし〟と書いて、兎のマークを添えた。

名前の欄は武蔵自身で書けるだろうから、応援のメッセージにしたんだ。

きっと武蔵なら喜んで、また字書きに励んでくれるだろう。

「これで、お願いします」

「はい。ありがとうございます。それでは、お預かりしますね」

鈴原先生は新しいノートを受け取ると、五冊目と一緒にいったんデスクへしまった。

これが保護者に戻されるのは、卒園のときになる。

「それにしても、武蔵くんはリズム感や運動神経もよくて、演奏も上手いんですよね。何より周りの子に優しくて――。困っている子を見つけると、自分から〝どうしたの？〟って声をかけてくれる。それで七生くんが焼きもちをやくこともあるんですが、私も先生方も武蔵くんにはたくさん助けられてるんです。なので、どうかお家でもいっぱい褒めてあげてくださいね」

必要なやりとりを終えると、先生は「お引き留めして申し訳ありませんでした」と言いつつ、最後に俺がどうかしそうなくらい、武蔵のことを褒めてくれた。

「あ……、ありがとうございます」

俺は、今一度先生に頭を下げてから、「それでは」と挨拶をして参観へ戻る。

（そうか！　そうなのか～。やっぱり来てよかったな～っ。こんなふうに先生の口から直接様子を聞くって、久しぶりだし。本当に、嬉しい！）

多少のお世辞は入っていたとしても、嬉しいものは嬉しい。

俺は今にも廊下をスキップしそうだった。

（おっと！　武蔵の教室はここだ）

あやうく教室を通り過ぎて、いったいどこへ行くんだ⁉　って、なりそうだった。

＊　＊　＊

思いがけない話を聞いて浮かれた俺は、そのまま武蔵の教室へ向かうと、廊下の窓から中の様子を見渡した。

子供たちは制服の上着を脱いだ代わりに、スモックを着ている。

武蔵は教室の真ん中あたりの席にいて、一生懸命何かを作っていた。

――が、それがなんだかさっぱりわからない。

（工作の時間――粘土細工《ねんどざいく》か。でも、なんだろう？　あの円柱に近い塊は）

すると、目をこらした俺の視線に気づいた武蔵が、こちらを振り返った。

両手で作っていたものを見せるようにしながら、ニコッと笑う。

声を出さずに動いた口から、それが「エリザベス」だと理解する。

（え!?　犬だったの？　あれがセントバーナード？）

ついさっき見たノートのひらがなやカタカナはすごくしっかりしていたのに、紙粘土の塊は、かろうじて「上のほうが頭かな？」っていうのが、わかるくらいの状態だった。

もちろん、まだ作りかけで、完成したらもっと犬っぽくなっているかもしれない。

ただ、それはそれで、これはこれだ。

（うわ〜っ。俺に通じる物があって、逆に嬉しいかも！）

俺は、最近見返したアルバムで、自分が粘土で作っただろうスライムのモンスターみたいな〝寧作・お父さん〟と書かれた写真を見ていたから、ここでもちょっと浮かれてしまった。

むしろ、父さんとの交代時間ギリギリまで、その紙粘土がどう変化していくのかを見入ってしまったほどだ。

（惜しい！　そろそろ交代の時間だ。でも、やっぱり武蔵のほうが上手だった。俺の見方が悪かったのか、縦が横になって、首輪で頭と体が隔《へだ》てられて、耳や尻尾がついたら犬ってわかる。俺のスライムって、なんだったんだろう？　年少のときならまだしも、写真には年長当時の日付があったしな――。双葉や充功はけっこう器用なのに。あ！　士郎は工作系は俺よりだ！　申し訳ないけど、ホッとする）

そうして十時を回ったところで、俺は父さんにメールを送ってから、保育園のほうへ向かった。

園庭で運動会の練習をしているらしいクラスの子達を見て回ったためか、返事をくれた父さんとは、完全にすれ違ってしまう。

しかし、ここは気にしない。

（それにしても、いつ見ても可愛いログハウスだな。今は、何の時間だろう？）

保育園とはいっても、ここは幼稚園がメインだから、通っている子は七生のような通園児童の弟妹である未就園児が多い。

あとは、幼稚園には年中、年長から上がる予定で、それまでは保育園という子たちだ。

このあたりは、定員内であれば融通が利く。

また、急な預かりや、週に何日だけなどの対応もよく、かなり保護者の都合を重視してくれている。私立ならでの臨機応変な対応だ。

もちろん、公立に比べたら月謝は高いが、塾や習い事へ通わせることを考えたら、トントンくらいなのかな？

ここは一家に一台自家用車どころか、一人に一台っていう家も多いから、「送り迎えが一カ所で済むだけでも有り難い！」って言っている保護者も多い。

うちからすると、兄弟割引も利くからね。

（どれどれ。七生はどう――――っ!?）

そうして俺がログハウスの中へ入ると、「うわ～んっ」という、子供の泣き声がエントランスまで聞こえた。

（何事⁉）

それが七生じゃないのはすぐにわかったが、俺は「失礼します」と言いつつ、泣き声のするプレイルームへ向かった。

「うわ～んっ！　うわ～んっ‼」

すると、十数名が集まる部屋の中で、ころんじゃったのかな？

――いや、そうじゃないか。

側に積み木がばらまかれているから、積んでいて崩れたとか、そういう感じかな？

座り込んで癇癪《かんしゃく》を起こしている女児――多分、三、四歳の子――を、先生を含めたみんなで囲んで、「大丈夫？」「もう一度やろう！」と声をかけている。

先に来ていた三人のお母さんたちは、敢えて何も言わずに見守りに徹しているようだ。

「ないないよ～っ」

七生も側に立って、しっかりその子の頭を撫でている。

――と、ここで俺に気がついた。

「あ！　ひっちゃ」

「ウリエル様だ！」

「本当！　見て見て、なみちゃんの好きな、ウリエル様が来たよ‼」

「――!!」

七生が声を発したと同時に、大泣きしていたはずの子が、ガバッと顔を上げて俺を見てきた。

いきなり「ウリエル様」呼びをされたのは、去年のクリスマスに一家総出でニャンニャンコスプレを披露《ひろう》したからだろうか？

ということは、さっきまでは父さんに「ミカエル様～!!」だったのかな？

何せ、父さんのお友だち（プロ集団）が衣装だけでなく、背負うタイプの〝天使の翼〟まで用意して送ってくれたから、あのときは「リアルミカエル様だ！」と、先生や保護者たちにまで大好評だった。

それこそ鷹崎部長のサタン様なんて、声にならないキャーキャー、ワーワーしたお母さんたちが、とんでもないハイテンション状態で――。

中には「すげ～っ」って、ただただ感心しているお父さんたちもいた。

が、今はそこを気にしている場合ではない。

（――え!?）

大泣きしていた、なみちゃんという子が俺の顔を見ると、急に両手で涙を拭って、回りに崩れ落ちていた積み木を集め始めた。

「なみちゃん、天使のお城作るの！　ウリエル様のおうちなの。ミカエル様にもあとでねーなの！」

なんだか凄い形相で、作り直し始めてるんだけど、一生懸命になりすぎているのか、口がへの字に結ばれて、これが逆に可愛い！

必死さが全身から現れていて、思わず和《なご》んでしまう。

「うんうん。そうだね！　手伝うよ」

「みんなで作ったら、早くできるぞ！　ウリエル様に見てもらおう‼」

「そうだ！　これも足したら、大きなお城になるよ！」

「ミカエル様も、またあとで観に来るねって言ってたもんね」

「なっちゃもよ〜っ」

「うん！　七ちゃんはエンジェルちゃんだもんね」

「へへへっ〜っ」

周りの子達は、なみちゃんが何を作ろうとして、途中で壊したのかを知っていたようだ。

そのため、誰かが「手伝う」やら「これも」と言った途端に、他の子達まで先を争うようにして、自分が使っていた積み木を崩して持ってくる。

このままいくと、壮大なお城ができそうだ。

（みんな優しいな——、ん？）

とはいえ、中には急な展開に戸惑っている女児もいた。

三歳くらいかな？　七生よりは大きいのは見てわかる。

その子は困った顔で、部屋の隅に立っていたお母さんのほうを見る。

すると、お母さんのほうから、「一緒に作ったら？　お手伝い！」なんて声がかかって、その子はもじもじしつつも、大きく頷いた。

そして、足元にあった積み木をひとつ拾って、なみちゃんへ渡しにいく。

（うわ！　頑張れ。こういうのって、けっこう緊張しちゃうんだよね）

なんだか俺までドキドキしてきた。

多分、お母さんたちや先生も同じ気持ちだろう。俺と一緒で、ジッと見ている。

「これ……も。はい」

「ありがとー!!」

おそるおそる渡したその子に、なみちゃんが笑う。

まだ泣いたあとが顔に残っているけど、その表情は元気そのものだ。

そして、その笑顔とありがとうは、頑張って積み木をあげた子も笑顔にして――。

「ママ～っ。なみちゃんにあげたーっ」

めちゃくちゃ嬉しそうに声を発して、報告をしていた。
これに「よかったね」って返したお母さんも、すごく嬉しそうだ。
（いいな――こういうの）
些細なことかもしれないけど、俺はこの場に立ち会えたことが、すごく嬉しかった。
七生がちゃんとみんなに馴染んで、また可愛がってもらっているのを確認できたことも
そうだけど――。
保育園のお友だちが、みんな優しくて、思いやりのある子たちばかりだった。
それがわかって安堵できたこと自体が、すごく幸せなことだなって感じられたから。

4

（――ということで、これから小学校へ移動します。仕事で何かありましたら、お手数をおかけしますが、ご連絡よろしくお願いします。――送信！）

保育園で〝天使のお城〟と称した積み木の山が完成したのを見届けたところで、俺は武蔵を見学していた父さんに声をかけに行った。

そして、そこからは駐輪場へ移動する。

自転車に跨がる前に、鷹崎部長へ公私の入り交じったメールを打って、武蔵が褒められたことや、七生もそのお友だちもいい子だったことを報告。

あとは、仕事で何かあれば野原係長が連絡をくれることになっているが、そこも一応含めて、よろしくお願いしておいた。

そうして園の懇談会は父さんに任せて、俺は一足先に小学校へ。

いいところ取りで本当に申し訳ないが、俺は武蔵と七生の参観の時点で、すでにテンシヨンが爆上がりだ。

自転車を漕《こ》ぐ足にも力が入る。

（到着！　まずは、樹季の教室だ）

小学校のほうは、三時間目から四時間目までが授業参観で、三時間目は各教室、四時間目は体育館で全校集会が見学できるようになっていた。

それが終わったら、子供たちは給食の時間で教室へ。

保護者はそのまま体育館に残り、組ごとに集まったところで、先生の挨拶と役員決めだ。

ここは、変に長引かせないために「給食の時間中に決めてしまいましょう」ってことなので、立候補がいなければくじ引きになるだろう。

うちは今回、幼稚園と中学で受ける予定だから「ごめんなさい」って感じだが、場合によっては父さんの独断で受けることもある。

父さんが「やります」って言えば、その後は大概、立候補でささっと決まるからね。

（おっ！　樹季は算数の授業――割り算か）

そうして三時間目の終わりぐらいに滑り込んだ俺は、先に樹季の教室へ向かって、授業の様子から眺めた。

すでに教室の後ろには、二十名近い保護者が見学している。

それもあり、邪魔にならないように気をつけて入った。

出入り口の端に立って、樹季の後ろ姿を見つける。

新しいクラスでは「一番前の席になったよ」と聞いていたので、とてもわかりやすかった。

（あ！　気がついた）

ずっと待っていたのだろうが、樹季が察知したように俺のほうを振り向く。

目が合うと同時にニッコリと笑い、嬉しそうに手を振ってきた。

これを側で見ていた保護者たちが、俺と一緒になって微笑んでいる。

「樹季くん。お兄さんが来て嬉しいのはわかるけど、もう少しこっそり合図しない？」

しかし、先生の真ん前でこれをしたら、そりゃバレるよな！

先生も笑いを堪えている。

俺は、「あ。ごめんなさい」と謝る樹季と一緒になって、「すみません」と声を上げて頭を下げた。

いっそう教室に笑いが起こってしまう。

兄弟そろって、こっそりできない性分のようだ。

「はい。そうしたら、せっかくだし、前に来て問題を解こうか。お兄さんにいいところを笑いを堪えるのに必死だ。

見せたいもんね」

「は、は～い」

樹季が黒板に書かれた割り算問題の前に立つ。

どこからともなく「樹季くん、がんばって」なんて声も聞こえてきて、先生はますます笑いを堪えるのに必死だ。

(樹季のところも、いいクラスみたいでよかった。何より先生が大当たりだしね)

樹季のクラス担任は、去年と同じ先生で、面倒見がよくて優しい女性だ。

目立つ子も大人しい子も関係なく、一人一人をきちんと見てくれていると、他の保護者たちからも評判がよい。

また、士郎のほうもクラス替えはあったものの、担任は去年と同じで新川《あらかわ》先生。

三十代前半ぐらいの男性で、俺の目から見ても、これまでで一番士郎が信頼している感じがする。

見た目も物言いも柔らかい、タイプ的に言うなら、父さん寄りかなって思う先生だ。

——と、ここで校庭から声がした。

(あ、円能寺《えんのうじ》先生だ。相変わらず声が大きいな)

一瞬気を取られたのは、校庭で体育の授業をしていた、士郎の隣のクラス担任の声だっ

25 ÷ 5 = 5
72 ÷ 9 = 8

た。

　学年主任もしている円能寺先生といって、こういってはあれだが、我が家ではなかなか手強いタイプだ。

　サッカー経験者で部活の顧問もしていて、基本的には面倒見がよく、やる気に満ちた熱血先生だと評判はいい。が、思ったことをポンポン言う癖がある。

　なんというか、「それを言っちゃうの⁉」というボーダーラインが、士郎を含む我が家に比べると、かなり低い。

　ただ、これは士郎やうちの人間が「ん⁉」ってなるだけで、同調して盛り上がれる子供や保護者は大勢いる。

　運動神経も抜群で、ルックスもなかなかよいので、目立つし人気もあるほうだ。

　ここへ越してきた頃からの士郎の親友で、学校ではサッカー部のエースでもある手塚《てづか》晴真《はるま》くんなんかは、もともとやんちゃでノリもいいので、円能寺先生とも一緒にワイワイやっている。

　最近は、以前にも増して言い返すらしく、先生のほうが「あはははは っ」と失笑していることも多いらしい。

　ようは、何を言ったところで先生には悪気がないので、同じ調子で悪気無く切り返せるタイプであれば、案外それで済むってことなのかな？

士郎や俺たちみたいに、悪気がなくてもそれは失礼だろう――と思ってしまうタイプには、いちいち引っかかるし、ストレスになるということだ。

ただ、そこに気づいてから、士郎は晴真くんの真似をしてみたらしい。

言われて気に入らなかったら、ストレートに言い返す。

それも年相応の言い回しで。

すると、「あ、ああそうか。ごめんごめん。気をつけるよ」と謝ってくれるらしく――。

かえって（これでよかったのか!?　こんな簡単なことで？）と、なったようだ。

これを聞いた双葉や充功は、

〝多分、士郎が思う以上に、先生は深く考えていなかったってことだよ〟

〝俺の周りにもけっこういるよ。相手から突っ込まれるまで、自分で言ってることの意味を半分も考えてないの〟

――などと言っていたが、まさにその通りだったのだろう。

先生相手に言い返すなんて失礼だし、俺からしても申し訳ないとは思うんだが――。

ただ、そうするようになってからは、当の先生が「以前より心を開いてくれたようで嬉しい」って喜んでいるらしいので、ここはもう士郎の判断に任せるしかない。

最終的には、父さんがよく言う「いろんな人が居るのが世の中だから」で、納得することになる。

ちなみに、今年の士郎のクラスには、晴真くんだけでなく他にも仲のよい子達が多い。

去年の運動会をきっかけに、ときどきうちにも来るようになっていた飛鳥《あすか》龍馬《りょうま》くんも一緒だそうで。プロサッカーチームのジュニアクラブに所属しているだけでなく、成績もいいらしい彼は、ますます女の子達の王子様キャラに成長しているそうだ。

なんというか、本当に絵に描いたような、少女漫画のヒーロータイプの子なので、俺も久しぶりに今日見られるのが楽しみだ。

――なんてことを考えつつも、俺は黒板で割り算を解く樹季の後ろ姿を見守る。

(頑張れ、樹季。あってるあってる)

士郎が宿題だけでなく、予習や復習を見てくれているのが、きちんと身についていて、いい感じだ。

教えている士郎もすごいけど、それにきちんと着いていっている樹季だって、充分すごいってことだよな。

「できました」

そうして五問ほど書かれていた問題を解くと、樹季がチョークを置いた。

「はい。よくできました」

　先生にハナマルをもらい、他の子供たちから拍手をされると、樹季の顔がパッと明るくなる。

「やったよ、寧くん！」

「うんうん！　すごいね!!」

　両手を掲げて大きく振ってくる樹季に、俺も満面の笑みで手を振り返す。

（――って！　そもそもこれがいけなかったのに!!）

　そう気づいたときには、さすがに先生も限界だったのか「ぷっ」と吹き出して、両手で口を塞いでいた。

　吊られて、教室内全体が笑いに包まれる。

　しかも、ここでチャイムが鳴った。

　三時間目が終わってしまう。

（申し訳ない！）

　子供たちは、次の全校集会のために、体育館へ移動する。

　樹季も「寧くん、またあとでね～っ」とご機嫌で手を振り、副委員長さんとして、みんなを誘導しながら教室を出ていく。

──これはこれですごい！

ちょっと顔つきがキリッとして立派だ
（樹季～っ！）

俺は声こそださなかったが、両手を振って見送った。

また回りの保護者にクスクスされる。

（──あ）

来たときから笑われっぱなしで、情けない。

俺は、周囲の保護者たちに「すみませんでした」と頭を下げる。

「いいのいいの、気にしないで。みんな和んで、私もとても楽しくなったから」

「そうよ、寧くん。それより体育館へ移動しましょう」

「今年の児童会長は士郎くんなのよね。通常だと六年生から選ばれるのに、五年生で会長って初めてよね。それも上級生からの全員一致での推薦って、本当にすごいわ」

すかさずフォローをしてくれたのは、去年も同じクラスだった、お母さんたち。

「うちの上の子なんて〝まあ、当然の結果だけどな〟なんて言って、自分のことみたいに自慢してるのよ。あんた、まともに口も聞いたことないじゃないって、私が突っ込みそうだったくらい」

「うちも似たようなものよ」

中には、上の子を持つお母さんもいるから、このあたりは話題に事欠かない。

俺は、気さくに話しかけてくれるお母さんたちに誘導されつつ、教室を出ると体育館へ向かう。

（あ、士郎たちだ）

すると、途中で教室を出てきた士郎たちを見つけた。

右には晴真くんがいて、左には龍馬くんがいる。

そして、その後ろには、普段から仲のいい男の子たちが三人？　もっと？　いて、丁度階段を下りて行くところだった。

「うわ〜っ。なんだか貫禄《かんろく》あるわね、士郎くん。左右の男の子が、そろって長身っていうのもあるけど、護衛感が半端ないわ」

「待って！　六年生の児童会役員が、揃って迎えに来てるわよ。しかも、上級生さえ従えて！　これ、なんのドラマ？」

「小学生だから教育テレビっぽいけど、中高生だったら、八時、九時台の学園ものって雰囲気よね。あ、ってことは、充功くんのところがこの状態なのかしら？」

「ちょっと、想像させないでよ。見に行きたくなっちゃう」

「――本当。これは子供たちが、ときめいちゃうのもわかるわ～」

「うちなんか息子なのに、キュンキュンしてるからね」

様子を見ていたお母さんたちが、更に盛り上がる。

（え～っ）

だが、お母さんたちはちょっとキャッキャしつつも褒めてくれたけど、俺には士郎が親衛隊だか側近だかを引きつれて歩いているようにしか見えなかった。

それこそ、樹季が企てた〝学校の支配者〟と言っても過言《かごん》ではない。

特に、側に居る子たちもガン無視で、六年生から手渡された資料を確認し始めたところなんて、堂に入りすぎていて――。

今にも俺の頬肉が引きつりそうだ。

しかも、そこから体育館へ移動した児童集会――児童会役員からの挨拶や、各クラス長、各役員長から今年の抱負などが語られる。本来なら退屈で寝落ちしても不思議がない――にいたっては、全児童が起立、着席からビシッと決めており、これを後ろのほうで見ていた保護者たちは絶句だ。

中には「何々？.」「どうしちゃったのかしら？.」とヒソヒソする保護者や、「このあとランチどうする？.」「役員決め真面目に出る？.」なんてコソコソする保護者もいたが、普段の集会ならそう目立つことはない。

せいぜい近くにいる保護者が眉間に皺を寄せるぐらいだが、今日は違った。

体育館の後方、壁際で発せられたような声さえ、壇上にいる士郎の耳に届くレベルだ。

「先に、一言。申し訳ありません。低学年の子供たちが頑張って静かにしていますので、保護者の皆様も少しの間、お静かに願います」

口調は至極穏やかだし、ニコリと笑った笑顔も最高だった。眼鏡クイもない。

だが、それにも拘わらず、「静かにしろよ、いい大人が」と言い含められた圧《あつ》は、過去最高だった。

反射的に「あ、ごめんなさいね」って口にしたお母さんたちが、ビビっている。

それこそいつもなら、「や～ね」「きびしい～」なんてクスクスもするのに、完全に口を噤《つぐ》んだ。

(うわ～っ。うわ～っ。うわ～っ)

俺が知る限り、卒業式でもここまで――というのは、見たことがない。

(こんなの俺の経験してきた児童集会じゃない！)

高学年だけならまだしも、入学したての一年生たちまでジッと、それも嬉しそうに壇上にいる士郎たちを見ているって、何事だ⁉

とにかく、長いこと小学校には通っているけど、成人式も真っ青という児童集会は初めての経験だった。

――とはいえ、身内が見る分には、一世一代の晴れ舞台って感じだ。

(凄いぞ、士郎。帰ったら滅茶苦茶カッコよかったよって、俺のほうが自慢しそうだ)

俺は、士郎の開会の言葉で始まった児童集会を、気がつけば夢中になって見ていた。

それこそ司会進行まで士郎が引き受けていたものだから、閉会の言葉まで余すところなく、たっぷりと堪能《たんのう》できた。

＊＊＊

懇談会が始まる十分前には、父さんが駆け付けた。

なので、俺はそこでバトンタッチをして、今度は中学校へ向かう。

(うわっ！　この距離を毎日往復してるって、充功のブラコンも筋金入りだな。というか、これに便乗しているお友だちのほうが、すごいよ)

小学校から家を通り過ぎて、そのまま中学校へ向かう。

自転車だからいいようなもので、4キロ近い距離を徒歩で⁉　と考えたら、悲鳴が上がりそうだ。

充功曰く、お友だちの一人が小学校の真ん前に住んでいて、なおかつ親戚が中学校近くに住んでいるから、最近では樹季たちを送ったあとに裏技で自転車移動というのがあるらしいが――、それにしてもだ！

（そう言えば、給食の時間を早く済ませて、昼休みに演舞の個人レッスン!?　みたいなことをしてるって聞いたけど――、本当だ。やってる。これだとお昼ご飯を十分程度で食べてる感じかな？　みんな張り切ってるんだな）

俺は乗ってきた自転車を下りて、指定された校庭脇の仮設駐輪場へ止めた。

その足で教室から出てきた生徒達に目をやると、中には充功やそのお友だちも混じっている。

ざっと見ても、全部で二十人はいる？

充功のお友だちが制服のポケットから取り出したスマートフォンを携帯用のスピーカーに繋げて流し始めたのは、南中《なんちゆう》ソーラン節。

これは来月にある運動会で、三年生が全員参加でやることになった演舞競技だ。

充功が「ミュージカルの練習があるので、喉に負担を掛けるようなことはできない」と言って応援団長を断ったら、代わりにこの曲でセンターリーダーを務めることになったとかって話だが、周りの子達はそれでいいんだろうか？

　充功のお友だちが言うには、「ようは中学最後の思い出に、カッコイイ充功が見られればＯＫ」「だったらみんなで一緒に――も、それならと充功が言い出したことだから、反対者もいない」ってことらしいが……。

　もちろん、学年ごとの団体競技は何かしらあるから、ここで「五重塔《ごじゅうのとう》をやります」とか「巨大ピラミッドをやります」よりは、全然安全だろう。

　――というか、もう何年も前から禁止だし。

　それでもこの手の踊り系は苦手な子もいるだろうから、結局はこうした自主練習をする子達が出てくるんだろう。

　そして、充功を始めとする、ダンスが得意なお友だちが、それに付き合って――なんて考えていたときだ。

（ん？）

　俺は誰かに見られた気がして、視線を左右に動かした。

　すると、背後から歩いてきた母親らしき人たちと目が合う。

　軽く会釈をするも、なぜか怪訝そうな顔をして、俺の前で練習を見始める。

（不審者と間違われてるのかな？）

面識のない相手だったので、向こうも俺のことはわかっていない。

そう考えると、平日の昼間から俺ぐらいの年の男が校内でウロウロしていたら、警戒されても仕方がない。

俺は、とりあえず、黙って充功たちの練習を見ることにした。

ここで「一応、こう見えて保護者です」とかって自分から言うのも、かえって怪しまれる気がしたから――。

俺が無視を決め込んだせいか、母親二人は演舞練習に目を向けた。

しかし、口から出てきたのは、練習への不満だ。

「それにしても、参るわよね。すでに受験戦争真っ只中だっていうのに、何をしてるのかしら。こっちは運動会どころか、体育の授業だって休んで勉強してほしいくらいなのに、貴重な休み時間をこんな練習に使って」

「本当よね。寝る間も惜しんで勉強している意味がないわ。だったら食後に仮眠でもとってくれたほうが、まだ安心よね。これってようは、下手な子に足を引っぱられたくないから、上手い子が強制して練習させてるみたいな感じでしょう？」

側には俺しかいなかったからだろうが、けっこうはっきり聞こえてくる。

（離れたほうがいいのかな？　反応したら、かえって変に思われる？）

俺は演舞練習を見ながら、彼女たちから離れるタイミングを計ることにした。

「ね〜。というか、先生たちもおかしいのよ。こんなことになるなら、夢《ゆめ》ヶ丘《おか》中学のほうへ行かせればよかった。ミュージカルに出るだか、何だか知らないけど、最初から受験放棄の子に合わせて、こんな演舞に全員参加とか。子供たちだって、そんな芸能活動をするような子がいたら、どうしたって気が散るじゃない」

「そうよね。そもそも芸能活動をするなら、都心の私立にでも転校すればいい話だし。あ、子だくさんすぎて、そんな余裕ないか〜」

「そもそも、そこまでするほど実力があるわけじゃないんでしょう。オーディションには受かったらしいけど、メインキャストじゃないらしいし。原作者だとかいう、お父さんのコネが利くうちに、一度出てみたいな——くらいなんじゃない？」

「あ〜。ありそうね。親のコネで思い出作り」

「でしょう。けど、だから余計に腹が立つの。何から何まで中途半端なことしかしない子に、回りが巻き込まれるなんて、最悪！　これで受験に失敗したら、どう責任を取ってくれるのよ」

「ね〜」

俺は我が耳を疑った。

さっさとこの場を離れなかった自分にも腹が立ってきた。

（――は？　誰が練習強制で受験放棄？　しかも、コネだって⁉）

母親達は、俺が側に居ることを確認しながら、まるで気にせずに話していた。

話の流れからも、子供は希望《きぼう》ヶ丘《おか》小ではなく、隣町の夢ヶ丘小から上がってきたみたいだし。充功と学年は一緒でも、同じクラスにはなったことがないか、今年が初めてで、同じ町内でもないならこんなものかもしれない。

そのくせ、うちの家族構成や充功のことには詳しくて――。

このあたりは子供が話題にするか、ママ友経由で聞くかしてデータだけは持っているんだろう。

それにしたって、失礼な話だ！

（いくらママ友同士での愚痴こぼしとはいえ、顔も知らない赤の他人を見下したり、嬉々として嘲笑《あざわら》ったりするってどうなんだよ。俺の顔を見ても充功の身内だって気づけないんだから、そもそも充功自身のことは、何一つわかっていないだろうに――）

俺は奥歯を噛み締め、両手に握り拳を作った。

しかし、ここで喧嘩越しに突っかかるわけにはいかない。

保護者同士のもめ事がきっかけで、子供同士がいがみ合うことになったら最悪だ。

こちらが一方的に言われているのは確かだが、充功が校内で持っているだろう影響力を考えたら、相手の子供には罪はないし——ってことになる。

いじめって、何がきっかけで起こるかわからないし、子供自身は演舞の練習を頑張っている。

だからこその不平不満が、こちらに来ているんだろうから——。

（よし！）

とはいえ、こうした勝手な想像話が、伝聞から事実のように広まってしまうことがあるのは否めない。

これが無責任な噂話の恐ろしいところだ。聞き捨てにはできない。

なので、俺は極力冷静になることを心がけて、この場で訂正するべきところは訂正しようと、母親達に声をかける。

「あの、失礼ですが。普段から特別に親しくもない同級生のプライベート、それも噂話程度に左右されて受験勉強が疎かになるっていうのは、本人かご家族の責任じゃないですか？」

「「!?」」

——しまった。

訂正の前に、心の声が口から出てしまった。

母親達が肩をビクリとさせて、俺のほうを振り返る。

しかし、こうなると、ここから話を続けるしかない。

俺は、ここぞとばかりに営業用スマイルを放つ。

「あと、父親のコネだとか、自分の知り得た情報からの勝手な想像で、いい加減なことを言うのもやめて欲しいです。オーディションを開催した側にも、それを受けた何千人という子供たちにも、悪いと思いませんか？」

「なっ、何よ。あなた、いきなり」

「そうよ。失礼じゃない」

だが、驚きからか母親達は憤慨し、声を荒らげた。

そしてこうなると、俺の心の声は止まらない。

「ですから、失礼ですが、と前置きをしたんです。それでも、我が子の受験の責任を赤の他人に押しつけようとしたり、勝手な想像で他人の家や子供を貶めたりするよりは、相当マシだと思いますが」

ああ――、士郎が眼鏡をクイッと上げているときの気持ちがわかる。

それでも俺は笑顔と穏やかな口調だけは守ろうと意識し続けた。

　実際、維持できているとも思う。

　多分、目が笑っていないけど――。

「だからって、あなたに何の関係が！」

「そ、そうよ」

「俺は今夏ミュージカルの舞台に立つことが決まった充功の兄で、兎田家の長男です。弟と親が誤解をされているのに、黙っていられるほどお人好しではないので。せめて、勝手な想像部分だけは訂正させていただこうと思い、声をかけさせていただきました。充功は実力で役を勝ち取りましたし、父親はミュージカルは無関係なので、コネでどうこうもありません。そして演舞は、そもそも学年種目ですし、充功は他の子達に頼まれて練習を見ているだけで、強制的にやれとかそういうこともいっさいしていませんので」

「「――!!」」

　俺が改めて自己紹介をすると、さすがに母親達も目を見開いた。

　八つ当たり全開で他家の悪口を言いまくったのを、本人に聞かれていたのだから、さすがに〝やばい〟くらいは思うだろう。

　それさえなかったら、どうかしているって話だ。

「ぬ、盗み聞きしてたってこと？　なんて子なの!!」

「そうよ！　大体、あなた学生さん？　それともニート⁉　平日の日中に、こんなところで何してるのよ！」

だが、これはどうかしているパターンだった！

（えええっ⁉　ここで謝らない？　せめて言い訳とかして誤魔化さない？）

逆に俺のほうが驚かされる。

引っ込みがつかないのかもしれないが、これは〝謝ったら負け〟ってタイプかな？

俺の心の声がダダ漏れしたのも、まずかったんだろうが――。

「盗み聞きも何も……」

「いい加減にしろよ！　姉妹揃って、ぐだぐだぐだぐだ勝手なことばかり！」

――と、ここで男子が声をかけてきた。

「そうだよ！　何度言ったら、その息をするように出てくる悪口が直るんだ！　母親として恥ずかしくないの？　しかも、充功のお兄さんをニート呼ばわりするなんて、信じられない。充功のお兄さんは、もう働いているのに。休みを取ってまで参観日に来てくれるような弟思いの人なのにっ‼」

第一声に「姉妹」と聞いて驚いたが、そうなると彼らは従兄弟同士？　ってことは、祖父母の代から続くような地元民家系？

どちらも見るからに体育会系からは遠い、ほっそりした眼鏡男子だ。

（母親たちが受験を心配していたのを考えると、勉強が得意な子かな？　代わりに体育やダンスが苦手とかってことは、まままあるパターンだし。それで、昼休みにまで練習をしていたんだろうから——、ん？）

ただ、ここで子供たちが母親に食ってかかったのもさることながら、一番の問題は、彼らの背後には充功たちまで揃って立っていたことだ。

（うわっ。いつの間に）

俺自身が母親達とのやりとりで気づけなかったが、いったいいつからこちらの様子を見ていたんだ？

充功が頭を抱えているってことは、けっこう前から聞かれていたか⁉

（うわ〜っ。ごめーんっ！　よりにもよって、一番やっかいなほうへ、俺が持っていっちゃったよ！）

両手を合わせて目配せをする俺に、充功の唇が「しょうがねぇな」とぼやく。

しかし、一度口火を切った彼らの苦情は、留まることを知らなくて——。

「だいたい、母さんたちがそんなだから、僕たちは夢小時代にいじめられて、こっちの中学を選ぶことになったんだぞ！」

「自分たちだって、ママ友たちからヒソヒソされてるのがわかってるから、ＯＫしたんだろう！」

「なんですって！」

彼らが、自分たちのことまで、ぶちまけ始めた。

（――これは、俺たちが聞いていいものか？）

けど、充功や他のお友だちは、まったく慌てる様子がない。

二人の不満は前々から知っていて、場合によっては、慰めていたのかもしれない。

（うん。子供同士で勃発《ぼっぱつ》するいじめの大半は、家庭での憂《う》さ晴らしを学校でしているところから始まったりする。中には、保護者同士のいざこざが、子供たちの関係にまで派生してっていうのもあるから、二人は後者で、辛い思いをしたんだろうな。そうして考えると、根っから意地悪が好きで、他に理由がないいじめっ子は、限られるだろうし）

俺は、充功がすぐに二人を止めないのは、このさいだから言いたいことをいったらいい――みたいな判断なのかな、と思えた。

だが、話が大きくなればなるほど、最後に「ああよかった」で終わらせるのは難しくなる。

何せ〝謝ったら負け〟の母親たちだ。

姉妹となったら、三つ子の魂百までで、これが正義になっているかもしれない。

「未だに言いたい放題が直らない母さんたちがいるのに、僕らがいじめられてないのは、何でだと思うよ！　公園で泣いてた僕らに充功が、〝だったらこっちの中学にくればいいじゃん〟って、声をかけてくれて。入学したときにも最初に、〝こいつらは俺が誘ったら夢中に行かずに、こっちへ来てくれたんだ。すげー勉強できる奴らなんだぜ〟って、みんなに紹介してくれて――。すぐに輪の中へ入れてくれたからだ！」

「そうだそうだ！　充功がいなかったら、僕らは今頃登校拒否だよ！　どうせお母さんたちは、僕らがいい成績で、いい高校、いい大学へ行ければいいんだろうから、全部通信で済ませて、立派な引き籠《こ》もりなってやるって相談してたぐらいだからな！」

「「っっっ」」

しかし、この話は初耳だ。

俺は思わず充功のほうを見た。

ますます頭を抱えているが、充功を取り巻くように立っているお友だちは、我がことのように自慢顔でニコニコだ。

中には俺に親指を立ててくる子もいる。

（充功――）

ただ、ここへ越してきてからの充功が、誰より小学校でのいじめに気を配ってきたのは、確かだ。

充功曰く、「こんな屁理屈ばっかり言うガキが、目を付けられないわけがない」「樹季だって女の子顔だし、いいカモだ」ってことで、士郎たちを守るために、怖くて強いお兄ちゃんを目指して今に至る。

当然、中学に上がっても、ちょっと怖くて強いお兄ちゃんは継続中だが、もともと一直線な性格だから、「そもそもいじめがなければいいいんじゃね？」ってことで、全体を見て頑張ってきた。

そのため、家庭内に不満や不安があっても、学校に行けば安心――少なくとも人間関係では揉めないとなり、校内で憂さ晴らし目的でいじめをするという子は激減した。

おかげで、ここ何年も希望ヶ丘の小中学校では、いじめ問題は起きていない。

わざわざバスで通学してくる子も増えて、この界隈では一番生徒数が多いのも、このためだ。

「謝れよ」

「そうだ。充功とお兄さんに謝れ！」

とうとう、彼らが母親達に謝罪を迫った。

さすがに母親達も雲行きが悪くなっているのは実感しているだろう、バツの悪そうな顔で目配せをし合っている。

「もう、やめろよ、お前ら。怒りに任せて話してるのはわかるが、立派な引き籠もり計画って、どんなギャグだよ」

――と、ここで充功が声を上げた。

普段なら、真っ先に自分から吠えに行くタイプだが、今日は先に俺が言い返した。

その上、彼ら自身がここぞとばかりに捲し立てたものだから、冷静になってしまったのだろう。

そして、その結果――。

「それに、母親を亡くした俺が言うと押しつけがましくなるから〝いるだけいいじゃん〟とは言わないよ。世の中には毒親なんて表現される大人もいるし。けどさ、生きてるから、そうやって文句も言えるし、喧嘩になっても和解ができるのは間違いないだろう」

充功はこの場を納めにかかった。

本当ならば、生きていてくれたら、それだけでいいだろう――と言いたいだろうが、そういうわけでもないと理解しているところが、なんだか切ない。

(毒親か……)

うちが恵まれただけで、世の中にはいろいろな親がいる。

それは痛ましいニュースを見てもわかることだし、充功の年なら理解もできる。

ただし、喩《たと》えとはいえ「毒親」を引き合いに出された母親達は、苦虫を噛みつぶしたような顔をしていた。

少しは自覚があったのだろうか？

自分たちの心ない言葉が、愚痴や悪口が日常化していたことが、我が子に自宅から遠くの学校を選ばせる羽目になったことを――。

「充功――」

「でもさ！」

「でもは、あとだ。そもそも俺や家族のことを家で話してるのは、お前らだろう。家の近所にはこっちへ通う子供はいないわけだし。そうしたら、話題に出すなまでは言わないが、せめて誤解のないようにしっかり伝えろって」

そうして充功は、彼らの説明にも抜けがあったのではないか？　という体で、話を続けた。

ここまでの成り行きだけを見るなら、そもそも母親が話半分でしか聞かないという予想もできたが、あえてそこには触れるつもりがなさそうだ。

「あとは、自分が心配させないように、いつもそうやってはっきり自分の意見を言って、昼休みは練習してるけど、それ以外ではみっちり勉強をしてるから安心してって、おはようと一緒に毎日報告しておけ。運動会では、必ず演舞を成功させるから。カッコよく踊るからって、約束もしてさ」

「――っ」

この場合、喧嘩両成敗的な意味はないだろうが、充功からすると多少は彼らの態度にも、問題があるんだよ――って、ことなのかな？

けど、かなりわざとらしい言い方だから、ここは布石《ふせき》かな？

彼らからすると、充功の意図がわからないのか混乱気味だけど――。

「母親だって、一回や二回の説明じゃ不安だから愚痴になるんだ。不満がなければ、愚痴なんて出ないのは、大人も子供も一緒だよ。ね、おばさん」

――やっぱり、ここまでの話は布石だった！

「え!?」

「でしょう？　おばさん」

「あ、そ……そうね」

充功は、あえて彼らに手厳しいことを言った上で、母親たちに話を振った。

それもあくまでも〝子供のことが心配だから愚痴るんだ〟という設定で固めて、間違っても「世の中には、悪口を言うのが何よりのストレス解消！　趣味‼　って奴もいるからな〜」なんて、家で口にするようなことは一切言わない。

それどころか、いったいどこで覚えてきたのか、少女漫画のヒーローみたいな笑顔を母親達に向ける。

これには彼女たちも、ちょっと照れていた！

（――あ、オーディション用に写真を撮ったらしいから、プロに鍛えてもらったってことかな？　そうしたら、これも営業用スマイルか⁉　すごいな！）

俺は、ムカムカしていたことも忘れて、充功の対応に目を見張る。

なんか、ここのところの成長がめざましすぎて、驚くばかりだ。

「ほらみろ。お前らの平和とノーストレスは校内で保証されてるんだから、家では少しくらい母親に気を遣え。それでも愚痴や悪口が止まらないっていうなら、またいくらでも相談にのるからさ。俺だけでなく、ここに居る奴ら全員が！」

そうして充功は、母親達を落としただろう笑顔を、彼らにも向けた。

しかも、さらっと爽やかな口調で、今後母親達が、まだ馬鹿な悪口や愚痴をこぼしたら、ここに居る全員で告げ口を聞くからな――と、宣言もした。

当然、これには母親達もギクリとして、互いの顔をチラチラと見ている。

「――ん。ありがとう」

「お兄さん。ごめんなさい」

「ううん。俺のほうこそ、ごめんね。演舞も楽しみにしてるからね」

「はい」

しかし、当の彼らは、もともと素直な子達なんだろう。

充功の含みのある言葉を、自分たちへの好意として受け取った。

やっぱり、学校が安心出来る場所――楽しく通える場所だと思えることは、子供の精神面にとっては大きい。

だが、ここまで充功が頑張ったのだから、俺も一役買わなければ！

「ところで、お母さん方」

「――っ、何」

「今の充功の言葉で思ったんですけど、結局はお子さんのことが心配だから、安心出来ないから、つい愚痴ってしまうんですよね？　子供が勉強に集中できない環境を、学校や充功みたいな子が作ってるって、勘違いもしてしまって――」

俺は、充功が作り上げた設定を軸に、今一度営業用スマイルを彼女たちに向けた。

けど、さっきのような腹立たしさがない分、きっと目も笑っているはずだ。

「え、ええ」

「まあ……」

案の定──母親たちの態度も、かなり軟化している。

内心、何がどうして、こんな状態になっているのか、まだ理解が追いついていないのかも知れない。

が、それなら追い込みをかけるのは今だ！

「そうしたら、今年は一緒に役員をやりましょう！　たとえ月一でも、定期的に学校へ来ていると、お子さんの学校での様子もわかるようになりますし。担任の先生以外とも交流が持てて、正確な情報を得られますよ」

「──は⁉　なんですって」

「どうして私たちが、そんな面《めん》──。いえ、わざわざ」

俺は「やりませんか？」なんて聞かなかった。

決定事項のように「やりましょう」と、お誘いをした。

当然、この手のことは面倒だ、できることならやりたくないとわかる母親達だが、そこはもう全力で見て見ない振りだ。

ただし、誘った限りは、俺も責任を持つ！

できる限り楽しく活動してもらえるように、気を遣う覚悟だ！

「ですから、お子さんの学校環境を見て、正確な情報を得て、変な疑心暗鬼《ぎしんあんき》が口から出ないようにするためですよ。今日は俺も失礼なことを言ってしまったので、反省中ですが。これって、そもそもの原因は、俺がお母さんたちを知らなかったからだと思うんですよね。多少でも知っていたら、誤解も何もないですし」

彼女たちの愚痴こぼしがただの趣味なのか、本当に子供の受験を心配してからなのかは、正直言ってわからない。

だが、愚痴ることより、楽しく感じる話題がひとつでもできれば、今より悪い方へは行かないと信じたい。

それに、愚痴を聞かされることになっても、理不尽でなければ、そう腹は立たない。

それこそ「役員なんて面倒」「そんなつもりはなかったのに、兎田さんが！」って言われても、俺自身が愚痴の理由を作っているから、いくらでも受けて立てる！

姉妹で悪口合戦に発展しても、それは同じだ。

事実を元に何か言われる分には、自業自得で納得ができる。

噂を軸に想像で騒がれることに比べたら、よほど心穏やかというものだ。

――と、ここで心強い味方が現れた。

「あ！　父親が来ました。今年は充功のこともあるので、俺たち親子で委員会参加をする予定なんですよ。なので、一緒に頑張りましょうね」

「「えええっ⁉」」

俺は、小学校での懇談会を終えて駆け付けてきた父さんの姿を見つけると、大きく手を振って「こっちこっち」と呼び寄せた。

「どうしたの？　寧」

「あ、父さん。このお母さんたちは、充功のお友だちのお母さんたちで。やっぱりお子さんの受験が心配だって言うから、役員に誘ったんだよ」

さも当然のように、実はまだ名前も知らない彼女たちを父さんに紹介する。

「そう。それは、確かに心配ですよね。一緒に子供たちを見守って行く意味でも、役員を頑張りましょう」

父さんは俺がノリノリだったせいもあるんだろうが、満面の笑顔で母親たちに挨拶をしてくれた。

それこそ、キラキラ大家族と言われるきっかけにもなった、言葉のままの笑顔だ。

程よく輝く太陽の光を受けて、いっそうキラキラと輝いている。

「は、はい」

「よろしくお願いします」

すると、母親達は観念したのか、もう〝長いものには巻かれろ〟となったのか、父さんだけでなく俺にも頭を下げてくれた。

「それじゃあ、そろそろ時間ですし。教室へ入りましょうか」

しかも、父さんの一言で、みんな揃って校舎へ進む途中のこと――。

「あ、お兄さん。さっきは……、勝手に勘違いをしていて、ごめんなさいね」

「え？」

「二人とも、今年初めて充功くん同じクラスになったって喜んでいるから、親子共々一年間、よろしくお願いします」

母親達は、相当気まずそうではあったが、俺に謝罪するだけでなく、よろしくまで言ってくれた。

多分だけど、これは充功の布石に込められた気遣いが理解された。

今日のことがきっかけで、息子たちが反乱を起こさないように、母子仲が悪くならないように――っていう、配慮も含まれていたことが伝わったんだと思った。

「はい！　こちらこそ!!」

俺は、嬉しくなって、母親達に会釈をした。
それこそ営業用のスマイルではなく、心から安堵した笑顔で――。

5

朝から町内を走り回っていた俺は、中学で父さんと合流したのちに五時間目、英語の授業を参観した。

士郎に勉強を見て貰うようになってから、けっこう経っているからかな？

以前は基礎さえ危《あや》うい感じだったが、だいぶしっかりしてきた気がする。

授業態度にしても、姿勢が違ってきているし。

何より、たくさんの同級生の中にいる充功を見るのは久しぶりだったが、家に居るときとはまた違った様子や表情を知ることができたのが嬉しかった。

こうしてみると、背丈や顔つきなどの成長もわかる。

(いいぞいいぞ～。充功～っ)

今年は間違いなく多忙で大変な年になるが、心から応援したくなった。

(頑張れ！)

そして、参観後は、そのまま教室で懇談会になるので、生徒達は帰宅だ。

しかし、充功やそのお友だちは面白がって、廊下の窓から様子を覗いていた。

こういうところは、相変わらずだ。

まだまだ子供じみていて、けど――ちょっとホッとする。

ただ、充功は何を思ったのか、懇談会の様子を逐一《ちくいち》双葉や鷹崎部長、そして鷲塚さんや獅子倉部長にまで一斉メールで報告をしていた。

動画も撮っていたらしく、これを仕事中に受信し、うっかり見てしまった鷹崎部長は、笑いを堪《こら》えるのが大変だったらしい。

何せ、俺たちですら、よもや、まさかの展開だったからね！

〝いや～っ。笑った笑った！　寧の無茶ぶりに、何も知らない父さんがキランキランの笑顔でＰＴＡに誘ったところで、俺はもう死ぬかと思ったのに！　まさか、断るに断れなくなった母親達が、寧からの圧に負けて役員を引き受けようとしたら、父さんの立候補を知った母親達が一斉に挙手して――くくくっ。結局、今年の次は最速でも二年後、うっかり士郎が私立にでも行こうものなら、樹季の四年後になるっていう想像もあって、前代未聞の大くじ引き大会で役員決めだよ。それも、全学年の各教室で！　なんか、うちのクラスの母親達は、父さんが立候補をしたら、その場でメール連絡をする使命《しめい》があったとかなんとか。それなのに！　父さんがくじ引きで役員から外れるって、もう！　俺は胃袋が捩《よじ》れるかと思うくらい笑ったよ！〟

充功は帰宅してからも、お腹を抱えて笑いながら、士郎に報告をしていた。

これには士郎でさえ「はぁ⁉」と、すっとんきょうな声を漏らし、目を見開いていたほどだ。

本当に、何がどうしてこうなった？　状態だ。

ただ、今にして思えば、あの瞬間は一種のお祭り騒ぎになっていたから、父さんも流れで一緒にクジを引いちゃったんだろう。

もともと役員はするつもりだったし、先生が事前に用意してくれていたのも〝なり手を選ぶためのクジ〟だ。

仕様は単純で、白紙と役員名の書かれたメモ用紙を袋に入れて、順番に引いていく。

役員名のメモを当たりととるかハズレととるかはその人次第だが、父さん的にはハズレたわけだ。

――が、ここで父さんがハズレを引く、イコール役員にならないなんて、誰一人思っていなかったから、一瞬凍り付いた空気に、俺は心底からどうしようかと思った。

笑い転げられるのは、充功の立場だからであって、父さんと俺は「やっちゃったよ」

「どうするのこれ⁉」と、目が泳ぎっぱなしだった。

役員を引き当てた保護者たちなんて、「いっそ、この中で誰か兎田さんに変わってもらう？」みたいな話もしていたし。そうなると今度は「誰が抜けるのよ」「何のために引き当てたのよ」っていう、暗黙の戦いになる。

それはそれで、怖かった。

ただ、この時点で誰かがメールをしていたのかな？

このあと開かれる新役員の顔合わせに、どこかで待機していただろう今年の会長さんたちが駆け付けた。

すでに前年度役員からの推薦で会長、副会長、書記、会計の四役《よんやく》は決まっていたから、その人達だ。

――で、その結果父さんは、

「実は、今年は執行《しっこう》部員をもう一人増やしたかったので、もしよかったら！　もちろん、お忙しいのは承知しておりますし、何かのときにはお子さんが代役で出ることも理解しております。あくまでも補助的でいいので！」

などと言われて、事実上副会長の補佐くらいの役を引き受けることになった。

あとから充功に入ってきた情報によれば、そもそもこの四役さんたちも、「今年は三男くんが三年生だし、兎田さんが何か受けるつもりだってことは、亀山《かめやま》さんから聞いているから、それなら円滑《えんかつ》な活動ができるだろう」ってことで、引き受けていたらしい。

それなのに「クジ引きで外れた！」っていう最新情報が入ってきたものだから、慌てたんだろう。

その場で「こんな役職ならいいんじゃないか？」と即決して、話をもってきたっぽかった。

俺はその話を聞いた瞬間、「ちょっと待って、おじいちゃん！　守秘義務は⁉」って感じだったが、これに関しては、きっと町内の老人会か何かで話題になったんだろう。

囲碁《いご》でもしながら、さらっと話している姿が目に浮かぶ。

ただ、それならどうして最初から四役の交渉を父さんにしに来ないんだ？　って、なりそうだが、そこは七人の子持ちでシングルファーザーとなった父さんへの気遣いだろう。

母さんが生きていたときでさえ、育児で手いっぱいだろうと判断してか、執行部に関しての打診は来なかった。

そうなると、父さんから「やりますよ」って言う分には「お願いします」って言えても、向こうから「考えてもらえませんか？」「引き受けてもらえませんか？」は、さすがに躊躇《ためら》うってことだ。

もちろん。誰からともなく、そうした配慮をしてくれるからこそ、父さんも定期的に役員を引き受けるし、七生が中学を卒業するまでは、できる限り参加しようと思えるんだろう。当然、俺もだ。

それでも中学での執行部は始めてだから、少し緊張ぎみだ。

幼稚園に小学校の役員――こちらは仕事がワンシーズンの行事に集中する係――もあるし、父さんと二人で受けるようなものだしね。

それに、充功曰く俺が圧をかけて役員に立候補したあの母親たちも、姉妹揃って運が強いのか弱いのか、当たりくじを引いていた。

だから、ここもきちんとフォローしないといけないし――。

なんにしても、今年の役員決めはイレギュラーだらけだった。

「――ということだったんですよ。本当、ついさっきまで、充功が思い出し笑いして。俺も、そのたびに釣られて笑いそうになってました」

俺は、そんな日中の話もしたくて、寝る前には鷹崎部長へ電話をした。

いつもは長々としたメールを送るが、今日は直接話したいことだらけだった。

何より会社で会っていないから、声も聞きたかったんだ。

しかし、充功からもらったメールには笑うのを堪えたはずの鷹崎部長が、俺の電話では恐縮気味だった。

〝そうか――。なんにしても、大変だな。俺なんか、きららの保護者だ、父親だと言ったところで、園からも保護者からもそうとう大目に見られている。そうした役員を受けたこともないし、打診されたこともない。参観日や懇談会さえ、二回に一度も出られていないし――。そうした活動に自分の時間を割いてくれる方たちには、頭が下がる思いだ〟

このあたりは、面白おかしく報告した充功と、実際笑うに笑えなかった俺の報告では、重さが違ったのだろうか？

もしくは、改めて保護者の立場で考えてしまった？

けど、これはこれで鷹崎部長らしいな――と、俺は思う。

「そんな……。貴さんは、きららちゃんのパパになってから、まだ一年ちょっとですよ。超がつくほどの新米パパに、役員を打診する園や保護者はいないでしょうし。この状況で何回かでも園行事に出席してるって、むしろすごいことですよ」

〝え？〟

やっぱり自覚がなかった。

鷹崎部長は本気で俺の言葉に驚いている。

「ですから、充分すごいんですよ。貴さん、自分が世間的には、まだまだ新米パパで認識されているって、忘れているでしょう。逆の立場だったら、貴さんみたいな状況のお父さんに、役員をしてほしいって打診しますか？　俺なら〝まずは無理しないで、生活に慣れてください〟ってなりますよ」

〝……あ、確かに、そうだな〟

カレンダーだけで見るなら、鷹崎部長がきららちゃんを引き取り、一緒に生活を始めて一年と数ヶ月だ。

けど、鷹崎部長はもとからきららちゃんには「パパ」って呼ばれていたし、こっちで一緒に暮らすようになってからも、全身全霊できららちゃんのパパをしてきた。

それが当然という感覚にもなっていただろうから、他の保護者さんたちに対して、同じように貢献ができていないことに申し訳がなかったんだろう。

でも、こういう謙虚《けんきょ》さがあるから、周りの人たちも快《こころよ》く気を遣える。

自然に「無理しないでくださいね」って、言えるんだろうけど――。

「きららちゃんは、幸せですね」

俺は、心から思ったことを鷹崎部長に伝えた。

〝ん？〟

「確かにご両親は、不幸なことになってしまいました。けど、生まれたときからパパもいて。これからもずっとパパはいてくれるんですから」

〝寧〟

本当なら、もっといろんな言葉で、「鷹崎部長が素敵なパパだから、きららちゃんは幸せなんですよ」っていう思いを伝えたかった。

けど、父さんならもっと違う、気の利いた言い方ができるだろうが、今の俺には浮かばない。

これが精一杯だ。

〝――そうか。ありがとう〟

それでも鷹崎部長は、俺の言わんとすることを理解してくれた。

照れくさそうな返事で、俺の思いを受け止めてくれたことを伝えてくれる。

（鷹崎部長）

――と、廊下側の襖《ふすま》が開いた。

「ひっちゃ～っ」

目を擦りながら入ってきたのは、七生だった。

寝ぐずったような声で、布団の上に座っていた俺の元へ寄ってくる。

〝ん？　七生くん？〟

「はい。今日は張り切りすぎて疲れたのか、夕飯後直ぐに寝てしまったんですが――。逆に、今になって目が覚めたのかもしれないです」

俺は利き手にスマートフォン、空いた手に抱き付いて来た七生を受け止めて、ぎゅっとしてやる。

すると、七生は尖らせた唇を解いて、ふにゃ～っと笑った。

そして、俺の胸元へ可愛い顔を埋めて、甘えながら寝直しに入った⁉

なんだか、ちょっと前の武蔵を見ているようだ。

そう言えば、最近武蔵は朝食を寝ながら食べることが、ほとんどなくなっている⁉

むしろ、七生の登園日なんか、目がパッチリで――‼

俺は、今更すごいことに気づいてないか？

これは鷹崎部長にも報告せねば！

〝そうか、そうしたら、寧も休まないとな〟

しかし、俺が何かを言う前に、鷹崎部長のほうがこちらの状況を理解し、気を利かせてくれた。

「あ、はい。貴さんも寝てください。くれぐれも持ち帰り仕事で徹夜なんて駄目ですよ」

〝ああ。もう、懲《こ》りたよ〟

「それじゃあ、お休みなさい」

〝お休み――〟

俺は、武蔵の件は明日の話題にすればいいかと思い、会話を終わらせた。

最後に「愛してる」の言葉とともに、甘くて優しいキスの音が響いて、俺は心身が熱くなる。

「きっパ、なっちゃもちゅ～っ」

〝！〟

――が、ここで浸っている場合ではなかった!!

七生は嬉しそうに、タコさんみたいな唇を作ったあと、また「く～」と寝てしまった。

俺はいきなりのこと過ぎて、心臓が止まるかと思う。

「しっ、失礼しました」

〝いや、俺のほうこそ、すまなかった。それじゃあ、また明日〟

「はい！」

慌てて通話を切って、スマートフォンを脇へ置いた。

両手で七生を抱き直して、寝ていることを確認しながら、よしよしと背中やお尻をポンポンする。

(ビックリした。でも、よかった。完全に目が覚めていたわけではなさそうだ。寝てる)

この分では、鷹崎部長もそうとう驚いたことだろう。

何せ、名指しだ。通話を切ったあとは、恥ずかしさと、やってしまった感に苛《さいな》まれて、頭を抱えてるかも知れない。

けど、今のは俺も迂闊《うかつ》だった。

七生は寝ぼけて反応したみたいだが、これからはこういうことにも気を配らなきゃ！

特に、同居をしたら——!!

(それでも、バイバイよりはいい？)

ただ、この瞬間も鷹崎部長がどうしているだろうと想像すると、さんざん照れて反省したあとには、口元を緩ませている気がした。

きっと喜んでいるだろうな——って。

(ありがとう、七生。可愛い〜！)

俺は、大好きな人のはにかんだ笑みが思い浮かんだことに嬉しくなると、いっそう七生が愛しくなって抱き締めた。

起こすといけないから、そうっとだけど――。

まだまだ頬も髪も柔らかくって、俺でも包み込める小さな身体をきゅ～っと。

（いつまで抱っこして寝られるかな？　少なくとも、今の武蔵や樹季くらいまでは許してくれるかな？　いや、お願いしたら士郎でも一緒に寝るぐらいはしてくれるだろうから、まだまだいけるか！）

――なんて、思いながら。

いざとなったら、双葉や充功だって、一緒に寝かせるくせにね！

＊　＊　＊

翌日、水曜日。

俺は武蔵の寝坊改善の話題で朝のカフェタイムを楽しみつつ、一日の仕事をスタートさせた。

出勤すると、月見山パンさんから届いていた〝フェア用の入荷増量とお値引きの打診〟メールを確認して、早速検討し始める。

（やっぱりネックは有機全粒粉だよな――。でも、ピタパンサンドに使っている有機って、国産は国産でも、北海道産の〝雪ノ穂〟であって、三郷有機産のってわけではないから、これを道産の有機ブレンドに変えると、多少でも割安になる気がするな。〝雪ノ穂〟のブランド力を売りにしているわけでもないし）

今日も十時過ぎには会社を出て外回りだ。

それまでには返信出来るように、俺は自分なりにまとめておいた資料を手に、山貝さんからの要望と照らし合わせる。

（ん？　売りにしてない!?）

――で、今更と言えば今更だが、ここに来て気がついたことがあった。

俺は、以前地元で購入したときに撮っておいた、ピタパンサンドのパッケージ、そして商品表示をスマートフォンの画面に呼び出した。

（パッケージや裏書きでも、国産有機全粒粉の表示になっているけど、ここは月見山課長のこだわりで〝雪ノ穂〟？　もしくは社長とか企画開発の意向？　〝自然力《しぜんりょく》〟のパターンじゃないけど、成分と味に大差がなければ、これって他の国産有機や他の道産有機ブレンドに入れ替えても、問題が無いんじゃないのかな？　それとも、製造工程で影響が出るとか、焼き上がりが変わるとか、プロにしかわからない違いがあるのかな？　あ、月見山課長はプロ中のプロか――。とりあえず、成分と味については鷲塚さんへ相談メール。その上で、

山貝さんには、この表示の仕方に何か理由があるのか、聞いてみようかな）

そう。パッケージの表裏を、隅から隅まで確認をすると、ピタパンサンドの原材料表示がもったいないことになっていたんだ。

もちろん、一般には伝わりにくいから——とか。

そもそも、そこまでは気にしていないから——とか、理由があるのかも知れない。

ただ、月見山パンさんは、せっかく質のいい、ちょっとお高めな北海道産有機の〝雪ノ穂〟というブランド全粒粉を使っているのに、そこを売りの一つにせずに、国産有機としか表示していない。

逆に、実はこの表示どおりの国産有機全粒粉でも構わないとか、道産以外でも問題がないって言うなら、これ自体の代案を出すことで、今より少し安くできる。

それもフェア用でなくても、普段からだ。

俺は、鷲塚さんへ問い合わせのメールを出してから、ＰＣ画面に自社で取り扱っている有機全粒粉のリストを表示した。

そして、月見山パンさんの納品リストの過去五年分も呼び出して、この二つを見比べる。

（うーん。俺の想像だけで見るなら、これって丸ごと使う全粒粉だから、消費者に気を遣って有機をチョイスしてるんだよな？　強力粉自体は普通の国産ブレンドだし……。しかも、主力商品を思い出しても、道産が売り文句になっていたのは、あんパンの中身の餡子《あんこ》だけで、粉には触れていない。そうしたら、今回のピタパンにしても、普段入荷してる銘柄内で作っているから、こういう配分になっているだけかな？）

昔ながらの地元のパン屋さんが、そのまま大きくなったような月見山パンさん。

定番商品が変わっていないこともあり、うちからの入荷銘柄はこの五年間変わっていなかった。

おそらく、十年遡《さかのぼ》っても、メインの粉は変わらない気がする。

ただ、〝雪ノ穂〟だけは流通するようになってから、まだ十年も経っていない。

（そうすると、その前は何を？）

――と、思っていたところで、鷲塚さんから返事が届いた。

この即レスはありがたい！

俺は早速、目を通す。

（――道産の〝雪ノ穂〟なら、これを軸にしたブレンドや同ランクの国内有機でも、数字的には大差がない。ただ、全粒粉だけに、ブレンドされた多品種の表皮と胚芽《はいが》で、香りや味に若干の差が出てくる。うちとしては、良さを引き出すように配合しているが、これをよしと取るか、そうでないかは、好みで分かれるとしかいいようがない。当然使用の割合

でも違ってくるし、仕上げがハード系かソフト系かによっても、別れてくるはず――か)

さすがは鷲塚さん、用途にも加味した返事をくれた。

だが、ここで俺の勉強不足が出てしまう。

(ピタパンって、ソフトパン? セミソフト? セミハードまではいかないよな? けど、月見山パンさんのは、食べた感じがソフトフランスにも近い噛み応えだったんだよな。なんていうか、ソフトフランスの中を空洞《くうどう》にして、表面はもっとパリッとした感じで。そこに全粒粉の持つ個性、風味が丁度よく合わさっていて。がぶっと食いつくスタイルともよく合う。ワイルド感も覚えるし、それがまた美味しく感じる要素で――)

しかし、鷲塚さんが言うように、こればかりは作り手の好みだ。

それも国内外の一流ホテルのベーカリーで修業をしているような月見山課長の好み――レシピだった場合は、変更はそうとう難しいかも知れない。

ただ、ピタパンサンド自体の風味や味は、中に詰める具材の影響のほうが大きいような気はするから、場合によってはいけるはず⁉

(あ――、でも待てよ。確か、うちが卸している国内有機全粒粉配合で作られたセミソフトのベーコンエピが、駅前のストアにあって、前に食べた記憶が……。ベーコンが美味しいパンだったけど、逆に具に負けてない感を全粒粉が出していたような……。少なくとも、俺は美味しかった。樹季や武蔵も喜んで食べていたし――、よし！　まずは、説明して検討してもらおう。無駄にはならないはずだ）

俺は、自身の分析や記憶と合わせて、まずは代替えにすることで、価格が若干でも下がりそうな品を二点チョイスした。

そして、変更のさいの価格的なメリットと、品種による個性の好き嫌いというデメリットをまとめて資料にし、席を立つと背後に置かれた棚の中から、持ち出し用の試供品の在庫を確認する。

（――揃ってる。で、今日の訪問ルートだと、昼なら寄れるかな？　ランチタイムに訪問は申し訳ないけど、見本を届けるだけなら――。まずは、山貝さんに相談してみよう）

部屋置きの小型のキャリーケースに、二キロ入りの袋を四袋で合計八キロ詰めた。

準備が整ったところで席へ戻り、電話をかける。

「もしもし、月見山パンさんですか。西都製粉東京支社第一営業部の兎田と申しますが、山貝常務はいらっしゃいますでしょうか？」

そして、山貝さんに代わってもらうと、俺は全粒粉の代替えと試供品の持参を提案してみた。

〝そう。そうしたら、まずは代替えの粉を試させてもらっていい？　というか、昼には届けに来てもらえるって、有り難いけど無理をしてない？　ごめんね。でも、本当に助かる。ありがとう〟

手応えは、俺が思う以上によかった。すごく声が弾んでいる。

しかも、側には月見山課長も居たようで、「おお～っ」なんて感心した声を漏らしながら、

〝待ってるよ～！〟

――と、言ってくれる。

俺のやる気がさらにアップした。

「では、外回りに行ってきます」

「おう！　いってらっしゃーい」

俺は、準備していたキャリーケースと鞄を持つと、野原係長たちに声をかけて、外へ出た。

返事をくれたのは野原係長だが、鷹崎部長や横山課長も「行ってらっしゃい」とアイコンタクトで見送ってくれる。

（うわっ！　鷹崎部長が今日もカッコいいぞ！　更にやる気が出てきた）

そうして俺は、徒歩から電車移動になったときに、鷲塚さんにお礼のメールを送った。

同時に、これから勝負してきますね――なんてことも書いて、自分自身をいっそう盛り

上げた。

先に予定していた得意先へ行った俺は、本来なら休憩時間であるランチタイムにかけて、月見山パンさんを訊ねた。

最速で届けるには、ここしか隙間時間がなかったのだが、山貝さんも月見山課長も歓迎してくれた。

それどころか、近所のおそば屋さんから天丼三つを取ってくれていて、俺に「時間がないだろうから、一緒に食べながら話そう」って、出してくれた。

これだから昼時は避けないと申し訳なくなってしまうんだが――。

それでもファミレスみたいなソファーブースに、美味しそうな丼ものが並んだ誘惑に勝てるわけがない。

俺は、（このお礼は、必ず仕事で貢献します！）と誓いながら、天丼をいただいた。

（エビだ！　しかも、大きいのが二本！）

ここは甘めのタレが美味しくて、エビがぷりぷりなのは、何回かご馳走になっているから知っていた。

月見山課長と山貝さんも一緒に食べ始める。

（エビ天が美味しい！）

それでも俺は、はしたなく見えない程度の早さで食事を終えた。

ご馳走様をしてから、先にメールで送っておいた資料を元に、ざっくりとだが説明を開始させてもらう。

すると――、

「ありがとう。お恥ずかしい話だけど、粉を変えるってことは、頭から抜けていたよ。従来の入荷量を増やしたほうが、少しでも割引率がよくなるんじゃとしか考えていなかったから、その発想は――ね」

「そうだね。もともと入荷していた粉自体、厳選して使っていたものだし。新作を検討するときでも、わざわざそれようの粉を選び直すところには、考えが向かなかったよ。まあ、それだけ今の粉の使い勝手がいいのもあるんだけど」

山貝さんと月見山課長が、一緒に資料を見ながら頷き合う。

どうやら、すでに選びに選んだ粉を使っていたから、変更自体に気が向いていなかったようだ。

でも、考えるまでもなく、そりゃそうだという話だ。

「そうでしたか――。でも、気持ちはわかります。長年使用していて、しかも満足していたら、愛着も湧くでしょうし。何より、それでお客様が喜ばれている味を、安定して提供できていたら、今回のピタパンサンドのような新作は考えても、粉から変更って発想がなくても不思議はないです。むしろ、入荷している分で、定期的に新作が出ているところに、俺は一消費者として月見山パンさんのすごさを感じますから」

俺は、相手の話を聞きつつ、また返しつつ、二の手、三の手を考え始めた。

有機全粒粉を変更せずに、フェア用に増やした場合、どれぐらいサービスできて、お得感を覚えてもらえるか？　とか。

場合によっては、フェア分だけ工場からトラックを出してもらって、カエルさんへの委託運送料を浮かせるか？　とか。

でも、そんなことをしても、工場の負担がかかるだけだから、ここはやっぱり強力粉のほうで頑張るしかないんだろう。

昔から一定量を買い続けてもらっているのだから、ときにはこうした頑張りを見せるか、新たに質のよいブレンドを紹介・提供するといったアプローチがなければ、企業努力が足りないと判断されるだけだ。

そこは俺がハッピーレストランの営業で目の当たりにしたことだし、他社から乗り換えてもらった事実があるってことは、その逆もしかりだからな！

「そう言ってもらえると嬉しいよ。特に、消費者としてってところが」

「そうしたら、いただいた試供品と価格表を照らし合わせて、改めて社内で検討してみるね。うちとしては、味が変わらなくて、これまで以上に原価を抑えられたらラッキーだけど。こうなると、いっそう美味しくできたらっていう欲も出てくるからね」

月見山課長と山貝さんは、今回の件を前向きに捉えてくれていた。

「はい。よろしくお願いします」

俺は次への移動もあるし、今日の話はここで終わらせた。

そうして、心から「ご馳走様でした」とお礼を言って、席を立つ。

今日は急いできてしまったので、先日のピタパンサンドのお礼を準備してこられなかったが、家で撮った写真画像と結果的にピタパンが等分されることになった話だけは、山貝さんに預けた。

そして、工場の男性に、よろしく伝えてもらえるようにお願いをして、俺は事務所をあとにする。

――と、ここで月見山課長が「ちょっとそこのコンビニまで行くから」と、俺と並んで歩く。

「やっぱり、大人と子供の一年の差は大きいね。言い方が失礼なのはわかっているけど、本当に兎田くんの成長には目を見張るよ」

「失礼なんて、とんでもないです。むしろ、ハイハイが立って歩けるようになったくらいと言って貰っても、嬉しいです」

「その例えが、さすがは大家族のお兄ちゃんって感じだね」

「ありがとうございます」

コンビニは最寄り駅までの途中にあるので、俺はほんの少し会話を楽しんだ。

キャリーケースが軽くなったからか、俺の足取りも軽い。

課題は山積みだと思うのに――。

「ところで、すでにこうして予定外の時間を取ってもらって言うのもなんだけど、改めて食事の時間ってどうなのかな？　やっぱり仕事終わりに――とかは、難しい？　積もる話もできたら嬉しいし。私自身が今後の修業の励《はげ》みになるなって思うんだけど」

コンビニが見えてくると、月見山課長は、改めて俺の予定を聞いてきた。

けど、この件に関しては、俺もここへ来るまでに幾度となくスケジュールの確認をしていた。

代替えに頭を持って行かれて言い忘れていたので、ここで聞いてもらえてよかった！

「はい。仕事終わりでしたら、金曜の夜はどうでしょうか？　月見山課長の出発日がわからないので、差し支えるようでしたら、明日も検討してみますが。もし、ご都合がよければ、私のほうでセッティングさせていただけたら――と」

「え？　兎田くんがセッティングしてくれるの？」

俺の返事に、月見山課長が驚いていた。

――やった！

これだけでも、あれこれ考えてきた甲斐《かい》がある。

「月見山課長には、本当にお世話になりましたからね。あ、ただ、こういうのは初めてなので、不手際《ふてぎわ》があっても見ない振りをしてくださいね。って、完全に甘えてしまってますが、よろしくお願いします」

「――了解」

そうして俺は、「のちほど改めてメールをしますね」と会釈をして、この場で別れた。

そのまま最寄り駅へ向かいながら、スーツのポケットからスマートフォンを取り出す。

（よし！　日程は決まった。さすがに今日明日じゃ慌ただしいけど、金曜ならまだじっくりお店も選べる。ご恩返しと壮行会を含めてって考えると、どんなお店がいいのかな？

――と、森山さん？）

しかし、俺が画面を操作すると同時に、メール受信でスマートフォンが震えた。

俺はその場で立ち止まると、いったん歩道の隅へ寄る。

急ぎの仕事かもしれないし、送られてきたメールを確認した。

すると――、

（え？　今日の仕事終わりに、鷲塚さんや野原係長と合流して、犬飼《いぬかい》のところへ顔を出しに行くことになった。兎田はどうする？　か）

要件は、後輩の見舞いにいくけど、一緒にどうかという誘いだった。

今年度入社し、初出勤日に駅の階段で起こった転落事故に巻き込まれて、手足を骨折。即日会社近くの病院へ入院となってしまった同じ部署の犬飼。

彼は、幹部候補生として入ってきているし、帰国子女だし。その上、鷲塚さんと同じ大学の後輩ってことで、そうとう切れ者のエリートなんだろうが、ビックリするくらい馴れ馴れしくて、俺は初対面で「兎田ちゃん」呼びされてぶち切れた。

年上なのは承知しているが、彼を後輩として呼び捨てにすることを即決してしまったほどの相手だ。

（うーん。一人で行くって、逆にタイミングを逃すからな。それに森山さんと野原係長が一緒なら、道中、間に接待向けのお店情報を教えてもらえるかもしれないし）

それで俺は、この場で「ご一緒させてください」と書いて返信をした。

そして、父さんにも、今夜は遅くなることをメールしておいた。

相手は苦手なタイプだが、先輩としてはやっぱり顔を出さないと――とは思っていた。けど、一人で行く時間を作ろうとなると、土日に動くのが難しい俺は、出勤日を利用することになる。

頑張って休日に――と考えても、来週にはゴールデンウイークに突入だ。

それが明けても、土日は子守りだ、運動会だと多忙を極めるのはわかっているから、ある意味今日誘ってもらえたのは、丁度よかった。

(よし！　そうと決まれば、次の得意先だ。ここはテキパキ済ませて、合流時間に遅れないようにしよう)

俺は、画面を閉じたスマートフォンをポケットに戻すと、そこから駅へ向かった。

そしてその後は順調にスケジュールをこなして、退勤時間には森山さんや鷲塚さん、そして野原係長と合流をして、犬飼の見舞いへ向かった。

6

ちょっとした差し入れを用意した俺たちは、六時半には病院に着いた。

「一日おきに一人ずつ来てくれたら、退院日まで退屈しなくて済むのに」

そんな俺たちを見た犬飼が、本気でぼやいたのには訳がある。

「うわっ――。重なったのか」

「本当だな」

俺たち四人が病室へ行くと、そこには法務部の天堂《てんどう》さん、総務部の小菅《こすげ》さん、第二営業部の海老根《えびね》さんが、丁度来たところだった。

年も部署も違う俺の同期だが、天堂さんと小菅さんがいるってことは、労災関係の報告でもあったのかな？

海老根さんは二人に付き合って？

なんにしても、賑《にぎ》やかだ。ここが外科病棟の個室でよかった。

だが、それでもさすがに七人はな――なんて思いながら、犬飼に怪我の調子を聞いて十分くらいが経った頃だ。

――コンコン。

ノックと共に扉が開くと、今度は横山《よこやま》課長と鷹崎部長がやってきた。

これには更にビックリだ。

「え⁉　鷹崎部長に横山課長まで？」

「なんだよ、野原。来るなら、声をかけてくれよ。そうしたら、日にちをずらしたのに」

「すいません。たまたま森山と話すうちに、〝行ってみるか〟ってなったもので。な」

「はい。それならと思い、兎田と鷲塚を誘ったら、来られるって言うので――。さすがにこれ以上は多いかなって、他には声はかけていないんですが……。ここへ来たら海老根たちともかち合ってしまって」

横山課長と野原係長たちが説明をしあう中、俺はスマートフォンにメールが来ていたのか確認をしつつ、鷹崎部長の顔を見た。

俺は帰りに寄ることをメールしていたので、鷹崎部長は読む暇がなかったのかな？

もしくは、知ってはいたけど、急に課長から誘われた？

俺たちがいるなら、むしろ長居せずにすむな――なんか思い、黙って了解した？

なんにしても、これから行くよ——ってメールが届いてないから、急に決めたんだろう。

ただ、俺は鷹崎部長が来るとわかっていたら、きららちゃんのお迎えに行ったのにな——とは、思ってしまった。

犬飼には申し訳ないが、これだけ人がいたら俺一人いなくても——、そう考えてしまったからだ。

そうでなくても、きららちゃんは毎日鷹崎部長の仕事が終わってからのお迎えだ。ときには残業もあるから、遅くなることにも慣れてはいるだろうが、それだけに定時でのお迎えには大喜びしてくれる。

それは俺が行ってもそうだから——。

「俺のほうは、労災の件や加害者の代理人との交渉報告なんかもあったもので」

「それは、ご苦労さん。けど、偶然ってあるんだな。まあ、変に騒がなければ——な。あ、犬飼。これ、土産だ」

「ありがとうございます」

そうして、天堂さんの話まで聞き終えた横山課長が、見舞いの菓子を犬飼に渡す。

俺は、思い切って、「そうしたら、今日のところはお先に」って言おうとした。

このままきららちゃんを迎えに行って、鷹崎部長が帰宅するのを待ってから、帰ってもいいしな――と、考えたから。

そうしたら、鷹崎部長が慌ただしく帰ることはないだろうし。

ただ、ここで野原係長が天堂さんに向かって、「それで加害者側の主張はどうなんだ？犬飼の保証は？」なんて話しかけたので、俺は言い出すタイミングを失った。

同時に鷹崎部長からも〝きららのことは大丈夫だから〟的な視線が送られる。

（勤めているんだから、こういう日もある。きららは理解している――って感じかな）

俺は、鷹崎部長に頷いて見せると、黙って天堂さんの説明を聞くことになった。

もちろん、守秘義務に引っかかることは言わないが――。

それでも加害者側が巻き込んだ被害者が複数人いて、すでに保険会社やら相手の代理人も出てきていることは聞いていた。

多分、治療費は先方持ちになるとしても、休業補償や慰謝料の話とか、そういったものへの交渉も来ているんだろうな――。

このへんは、敢《あ》えて聞かなくてもわかる内容だ。

だが、そんな話が続いたからか、犬飼がつまらなそうな顔で「もう少し面白くて盛り上がる話が聞きたいです」と言って、唇を尖らせた。

――それはそうだろう。確かにそうだ。

しかし、こうしたメンバーと状況の中で、みんなが面白く感じる話なんてあるか？

そもそも仕事以外に共通の話題もないし――なんて考えていたが、ここで俺は思いついた。

「面白いかどうかはわからないけど。接待に遣えそうなお店があったら、情報が欲しいので、皆さんにオススメ店を聞いてもいいですか？　あ、もちろん犬飼も知っていたら教えて。なんなら、退院祝いかつ歓迎会はこの店でやってほしい――とかでもいいよ」

一石二鳥までは言わないが、これなら誰も会話から外れることがない。

それに、お店の話題から、自然に美味しいものの話題へ広がったら、少しは盛り上がるだろう。

「接待？　兎田が？」

「はい」

「それって取引先か？　あ、ハッピーマーケットの本郷《ほんごう》常務とか？」

けど、ここで俺は、予想していなかった食いつき？　みたいなものを、野原係長と森山さんから受けた。

鷹崎部長や鷲塚さん、横山課長や他のみんなも一斉に俺を見てくる。

なので、金曜の仕事終わりに接待したいことをざっくりとだが伝えて、改めて協力を願った。

「いいえ。月見山パンの課長さんです」

しかし、ここでもなんだか変な反応をされた。

というか、眉間に皺を寄せて――驚かれてる？

「えっと――、兎田。それって、一年ぶりに帰国した取引先の元担当者を接待したいから、いい店を知ってたら教えてくれって話でいいのか？」

「はい。できれば、今の担当さんも一緒にと考えているので、個室があって。けど、そこまで高くなくて、俺がポケットマネーで出すにしても気兼ねなく受けてもらえそうな、美味しいお店が理想なんですけど」

やっぱり、俺みたいな若造が「接待」なんて言ったから、不相応《ふそうおう》だって意味で驚かれたのかな？

オススメのお店話で盛りあがるつもりだったのに――。

「いや、待て兎田。そもそも話のとっかかりは、相手からの誘いで飯《めし》へ行こう。積もる話もある、時間を取れないか？　ってことだよな」

「はい。そうです。けど、入社してから一年、本当にお世話になったし。帰国しているのも今週いっぱいだとおっしゃっていたので、ここは営業マンとして成長の証《あかし》を見せる意味でも、俺のほうでセッティングしたくて。それで、こちらに任せてくださいって形にしていただいたんです」

でも、俺が月見山課長への感謝を形にしたいのは確かだし、ここは理解してもらえるように、そして協力してもらえるように熱弁を振るった。

すると、「う～ん」って唸りながら、森山さんが鷲塚さんのほうを見る。

「どう思う？」

「とりあえず、現担当者が一緒に誘われるか、サプライズでババンっと登場したところで、積もる話はなくなるんじゃないですかね？」

でもって、なぜか鷲塚さんは笑ってる？

（え？　これって笑う話？　それとも接待とか、何、背伸びなんかしてるんだよ、寧のくせにとかってこと？　――鷹崎部長!?）

俺は、ますます回りの反応がわからなくなってきた。

助けを求めるようにして鷹崎部長のほうも見てみたが、俯いてしまって表情が見えない。

――なんで!?

「だよな！　ってかさ、兎田。その月見山課長は女性じゃないよな？　話の流れから聞いても、男性だよな？　ついでに言うなら独身者」

そうして森山さんが、話を俺に戻してきた。

「はい。結婚した話は聞いたことがないので――。野原係長と同い年くらいの男性ですよ。でも、だから皆さんにも相談しようと思ったんです。お店の雰囲気とか、価格設定とか、常識の範囲みたいなのが俺にはデータ不足なので」

「よし。わかった。兎田、もう一度この話をお復習《さら》いしよう」

今度は野原係長だ。

手にはスマートフォンを持っていて、メモでも取っていたようだ。

ますます意味がわからない。

「相手は入社一年目に世話になった取引先の御曹司《おんぞうし》で、元マンデリンホテルのベーカリー部門社員。家業を継ぐために、退社後は自社へ入社。そして、去年からはホテル時代の上司の紹介もあって、中東から欧州のホテルベーカリーに修業留学。――で、一年ぶりに帰国して、お久しぶり～ってしたいから、兎田に訪問日を前倒しで希望。尚且つ来週には次の国へ経つから、今のうちに飯でも食《く》いながら積もる話でもどう？　ってことで、兎田は了承。けど、せっかくだし、自分のほうが接待したいから、俺たちに相談している。これでいいか？」

「はい。そうです。今日も訪問がランチタイムに重なってしまったら、天丼を取って待っ

ていてくださったんですが。以前も似たような感じで、何かとご馳走になるばかりで――。かといって、成人式も迎えてなかった俺が、割り勘とか、ここは持たせてくださいって言える状況でもなかったもので。これまでのお礼も兼ねて頑張りたいなって」

俺は経緯を理解してもらった上で、いいお店を紹介してもらいながら、犬飼も話に参加できればな――ってことで、なおも一生懸命説明をし続けた。

すると、今度はベッド上で身体を起こしていた犬飼が、ちょっと身体を捻って鷲塚さんの腕を掴んだ。

「先輩。これって、どう聞いても――んぐっ！」

「お前は黙って差し入れを食ってろ。ほら、寧が土産に選んだ赤坂《あかさか》ポッポの鳩《はと》まんじゅうは、美味《おい》しいだろう」

「んぐぐっ」

何か言おうとして、鷲塚さんからまんじゅうを口に詰められていた。

「ちょっ！　もっと大事に食べさせてくださいよ。銘菓《めいか》ですよ」

俺は話そっちのけで、鷲塚さんに怒った。

鷲塚さんは「ごめんごめん」と謝ってくれたが、やっぱりまだ笑っている。

（もう！　本当に意味がわからない）

しかも、これらを見ていた天堂さんが、ここへ来て溜め息を漏らし……。

「営業先が天井でお出迎えか――。部内のみならず、得意先までが、兎田を大事に育てているのがわかる話だな」

「うん――。兎田に関しては、本人の人当たりのよさもあるけど、最初からそれを快く受け入れてくれる担当者がいる得意先しか宛《あて》がっていない気がする。この場合は、鷹崎部長の前の部長が過保護だったのか、もしくは入社当時は未成年だし、余所様《よそさま》の大切な息子さんを預かった感でいっぱいだったのかもしれないけどな」

ここは、兎田は本当に恵まれてるな――って、感心されているだけだからでＯＫ？

やっぱり〝入社当時未成年〟は、大卒や院卒、まして国家資格を取得してから入社という人たちからしたら、意外とパワーワードだったのかな？

同期最年長の天堂さんは、小菅さんと一緒になって「うんうん」と頷き合っている。

「営業マンのために天井を用意してくれる得意先って、ファンタジーだよな？　俺なんか、どこへ行っても要求されるだけだぞ。経費でも落としてもらえないから、絶対昼前後には訪問しないようにしてるのに――。ぅぅぅぅっ」

「それは相手以前に、そういう得意先ばっかりをお前に宛がった上司の責任もあるな。これだから、第二営業は！」

ただ、同じ営業部でも、だいぶ環境が違う海老根さんは、涙目になっていた。

しかも、ここへ来ると、天井だけが一人歩きをしていて、森山さんが「よしよし」って、慰めている。

けど、どうしたら接待のお店紹介の話から、こうした展開になるんだ？

全員参加で多少は盛り上がってきているけど、何かが違う。

――と、ここで沈黙を守ってきた横山課長が、クッと顔を上げた。

「ところで、鷹崎部長。兎田が接待って言うなら、これって営業部の経費で落とせますよね？　鷹崎部長が先日大阪時代にお世話になったお得意先相手への不義理のために、慌て謝罪のためだけに飛んで行った出張が経費になるなら、兎田のほうが理由としては正当な気がしますし」

鷹崎部長に話を振った。

もしかしたら、俺の懐具合《ふところぐあい》を気にしてくれたのかな？

とはいえ、珍しく鷹崎部長の傷口を抉《えぐ》るような事例を持ち出してないか？

「あ、ああ？」

これには鷹崎部長も顔を上げたが、急なことすぎて困惑している？

相槌は打ったものの、肯定とも否定とも取れない返事の仕方だ。

「そうしたら、ここはもうドンと西都製粉として、月見山パンさんを接待しませんか？　今までの長い付き合いもあるんでしょうし、当然これからもよろしくお願いしますってことで。なあ、寧」

しかも、ここで鷲塚さんが乗ってくる。

「さすがにそれは無理なんじゃ……。というか、西都製粉としてっていうのは、大げさすぎると思うんですけど」

「いいや！　そういう名目じゃないと、俺たちが参加できない。同期の末弟みたいな兎田がそこまで世話になった相手なら、他部の俺たちだって感謝の気持ちを伝えたいじゃないか！　ねぇ、天堂さん」

なぜかノリノリだ。

しかも、自分たちまで参加って、月見山課長の接待に⁉

俺は、ますます訳がわからなくなってきて、言葉が出ない。

けど、名指しにされた天堂さんは、ククッって笑うと「まあな」って言って同意した。

「でも、そういうことなら、経費なんか出なくても、こっちの参加者で割り勘にしたら、それで済むんじゃないか？　兎田も三人分出すんじゃなくて、一・一人前分程度の身銭《みぜに》でいけるだろうしさ」

「あ、そうか。そうしたら、兎田。俺たちも全力でお前のお礼をサポートするから、月見山課長にサプライズ壮行会《そうこうかい》ってことで、どうだ？」

小菅さんなんて実費の話までしてくるし、鷲塚さんは「どうだ？」と聞きながら、もはや俺には了承しか求めていない。

（――え？　みんなそんなに、他社への接待に興味があるの？　まあ、営業以外は、あんまり縁がないことだから、立ち会えるものならって感じ？　もしくは、月見山課長の経歴や肩書きが凄いから、向こうでの話が聞きたいとか、そういうのもある？）

俺は、普通に考えたら、接待なんて嫌だろうな――っていうイメージでいた。

だから、こんなにみんなが食いついてくるのは、そもそも接待自体に縁がない部署にいるからか！　って、やっと納得ができた。

ただ、当初の俺の目的とは違って、いろんな意見が出尽くしたところで、鷹崎部長が溜め息を漏らした。

「いや、それならもう、鷲塚たちは自由参加で紛《まぎ》れて、名目は第一営業部から月見山パンへのお詫びを込めた親睦会接待でいいだろう。そもそも、先日の誤配送の謝罪を改めてしたいと思っていたし、工場長からも機会があれば場を作ってほしいと頼まれていたんだ。

だから、先方さんにも参加者を集《つの》ってもらって、そこに兎田が世話になったという月見山課長の壮行会を含めるってことでどうだろう」

　こういうのを鶴の一声っていうのかな？

　鷹崎部長が、滅茶苦茶肝心《かんじん》なことを俺に思い出させつつ、月見山パンさんへの席を設けることを提案してくれた。

「ナイスです、鷹崎部長！」

「さすがは鷹崎部長、それこそ理想の形です！　なあ、兎田」

　これには森山さんと野原係長が諸手《もろて》を挙げて喜んだ。

　鷲塚さんたちや課長も、顔を見合わせながら、「うんうん」と納得している。

「あ、はい。そうですよね。すみませんでした。個人的な事に気が向いてしまって、誤配送のお詫《わ》びを忘れていました。むしろ、先にきちんとお詫びをしなかったら、感謝も何もないのに――」

　当然、俺も納得だ。

　考えるまでもなく、誤配送の件は当日のうちに解決したし、山貝さんたちが「もういいよ」「ありがとう」って言ってくれたから、すっかり許された気になっていた。

　翌日は有休だったたし、今日はフェア相談のこともあったから、言い訳にしかならないが、頭から抜けてしまっていたんだ。

けど、工場長や鷹崎部長からしたら、そういうわけにもいかない。

何せ〝何かあった際の謝罪は必ず上司を同伴しろ！〟〝上に居る者から率先して頭を下げろ‼〟が鉄則の会社だ。

俺は、鷹崎部長に対して、改めて頭を下げた。

「そこはいい。俺もまだ、この件で手配を指示していたわけではないし。その場で相手の心象《しんしょう》を悪くせずに、穏便に済ませてもらえたのは、兎田の対応のおかげだしな」

「そう言っていただけると助かります」

この場で鷹崎部長が叱ってくることはなかったが、本当に大反省だ。

しかも、部を挙げて月見山パンさんを接待となったら、鷹崎部長にも「この方がピタパンサンドをくださったんです」って、工場の男性のことも紹介できる。

ここは鷹崎部長も「きららがすごく喜んでいた」「今度俺もお礼を言わないとな」って、メールをくれていたから、直接会えるに越したことがないしね。

「そうしたら、兎田。ここは宴会部長の俺が仕切って、いつもの居酒屋に予約をするから。まずは現担当者に連絡をして、内密に先方参加者人数を確認してくれ。でもって、月見山課長にはサプライズってことで、別個に誘う。きっと、両社大盛り上がりで、次の国へ送り出せる！」

ここまで決まると、店選びも何もないが――。

結果として、俺が思っていた以上の接待ができるのだから、ここは仕切り慣れている野原係長にも手伝ってもらうことにした。

「はい。わかりました。そうしましたら、手配をお願いします」

俺は何か餞別の品を用意して、個人的な感謝の証として、渡せれば――と思った。

＊　＊　＊

今週も予定外のことが多々起こるが、それでも月見山パンさんへの接待話には、何か心を動かされるものがあったのだろう。

俺たちの帰り際《ぎわ》に、犬飼が言った。

〝鷲塚先輩。兎田ちゃんもこの会社も滅茶苦茶面白いですね。俺、早く出勤したくなってきました！　あ、鳩まんじゅうも美味しかったです〟

――会社はともかく、俺が面白いってどういうことだよ！

と、突っ込みたかった。

しかし、入社してから巻き込まれて負った怪我のために、一日も配属先へ来られていない犬飼の口から、「出社が楽しみだ」と聞くことができたのは、正直言ってホッとした。

これは俺だけではないだろう。

鷹崎部長たちも、胸を撫で下ろしていたと思う。

学生時代に関わらず、社会人になったとしても、最初に躓くと行くのが嫌になったりするのは、あることだ。

本人の性格にもよるが、新たなコミュニティが出来上がるときに、一人だけ遅れてとか、取り残されてって、大なり小なりきついし、しんどいと思うから――。

（よし！　今週も残り二日だ。週末からは、またしばらくきららちゃんがうちにお泊まりだし。ゴールデンウイークに少しでも一緒に遊べるように、頑張らないとな！　まずは、金曜の接待だ！）


そうして、いつもより遅い帰宅後――。

俺は「金曜の接待」もとい「月見山パンの三役さんを筆頭に、従業員さんを招待して開くことになった弊社《へいしゃ》からのお詫びの場も込めた親睦会及び、月見山課長の壮行会」の準備に取りかかった。

月見山課長の前に、山貝さんへ内緒の連絡もそうだが、それと同時に当日のきららちゃんのお迎えだ。

今回は、誤配送の謝罪もあるので、鷹崎部長も出席する。

連絡を受けた工場長も「それならば」と来てくれることになったので、なんの対応も取らなければ、いくら延長保育に長けた私立でも、お迎えが深夜になりかねない。

自宅で待っているエンジェルちゃんだって可哀想だ。

なので、ここは前日のうちに俺が迎えに行って、連れて帰るのが一番だなと思っていた。

ただ、木曜――前日となる明日は、残業確定で外回りの予定が入っていた。

中には先方さんの都合で、遅くなる場合もあるから、場合によっては鷹崎部長に車で連れてきて貰って、金曜の朝にうちから車で出勤してもらうほうがいいのかな?

いずれにしても、月見山パンの三役さんが揃うかもしれないし、工場長もいるのに、飲まずに帰るは無理だろうからね。

――なんて、寝る前にダイニングで、コーヒーを飲みながら考えていた。

それだけでなく、きっとぼやいてたんだろう。

すると、これをキッチンで聞いていた父さんが、

「え?　そこは遠慮しないで、父さんに言ってよ。急ぎの仕事があるわけじゃないから、

迎えに行くよ」

「本当？　今週は学校で一日潰れちゃってたし、てっきり忙しいんだと思ってた」

「ああ、それで気を遣ってくれたのか。でも、大丈夫だよ」

いつものように、きららちゃんたちのお迎えを買って出てくれた。

俺は、今週の父さんのスケジュールや仕事ぶりから考えて、頭から無理だろうと思い込んでいたので、これには本当に驚喜《きょうき》した。

「ありがとう。助かる。鷹崎部長にも言っておくね」

「そうだね。そうしたら、ゴールデンウイークの平日もお休みしちゃうことになるから、きららちゃんとしては金曜まで園に行って、お迎えのほうがいいよね？　いつもみたいに、きららちゃんに鍵を預けておいてもらえれば、エンジェルちゃんも迎えに行けるし」

しかも、大人の都合ではなく、子供自身の先まで考えたこの配慮！

我が父さんながら尊敬だ。

「いいな！　そうしたら俺も、拾って行ってもらおうかな～」

――と、ここで話を耳にしたらしい双葉が加わってきた。

丁度、お風呂から上がって来たところだ。

「いいよ。なんなら隼坂くんも一緒に乗せて帰るから、声をかけといたら」

「ラッキー！」

その場で当日は、双葉が便乗することが決まった。

これで双葉からの誘いに隼坂くんが了解すれば、車内での移動中も二人がきららちゃんたちを見てくれるから、いっそう安心だ。

「ありがとう。父さん。いつも、本当に」

「どういたしまして。それより金曜は大事な接待なんだろうけど、寧ものんびりできるならしてきたらいいよ。場合によっては、鷹崎さんが飲み過ぎて――なんてこともあるかも知れないし。帰宅にしたって、家守《やもり》社長が来るまで戻ればいいんだから」

双葉が冷蔵庫から麦茶を出している傍らで、父さんが俺に話を続ける。

ようは、せっかくだから、お泊まりしてきたら？

ただし、土曜の昼には家守社長が工期の詳細を持って相談に来る予定だから、それまでには戻ってねってことだ。

「うん。そうしたら、お言葉に甘えさせてもらうね。双葉もよろしくね」

「了解！」

そうして話が終わると、父さんは「それじゃあ、お休み」と言って、自室へ戻っていった。

「そしたら俺も、お休み。寧兄」

「お休み」

麦茶を飲み終えたグラスを洗って棚へ戻すと、双葉も父さんのあとを追うように二階へ上がっていく。

「ふう。そうしたら、俺も――」

使ったコーヒーカップを洗って戻し、母さんの遺影にも声をかけてから、キッチンとダイニングの電気を消していく。

そして、薄暗いリビングを横切り、自室へ入ると、今度は電気を付ける。

既に敷いていた布団の枕元で充電していたスマートフォンを手に取り、鷹崎部長に今の話をメールで送った。

今夜は鷹崎部長も忙しいのか、電話は来ない。

メールで返事が届くと、そこには俺や父さんへの感謝が綴られている。

(本当に、寧にも兎田さんたちにも、頭が上がらないな――か)

けど、俺からしたら、鷹崎部長だって同じぐらい頭が上がらない人だ。

今日だって、あれから鷹崎部長はきららちゃんを迎えに行ってから帰宅し、お風呂に入れて、寝かしつけて、ようやく自分の時間だろう。

きららちゃんの夕飯自体は、鷹崎部長が七時までに迎えに行けなければ、他の子同様に園のほうで用意をしてくれる。が、寝かしつけるまでは気が抜けないのが子供だし、エンジェルちゃんだっている。

俺は、家事や育児の大変さがわかるだけに。

けど、決して一人でしているわけじゃないってことへの有《あ》り難《がた》みも知っているだけに。

やっぱり責任ある仕事と家のことを両立している鷹崎部長が、凄いなって思った。

（早く、一緒に暮らしたいな）

同時に、少しでも俺にできることで助けになりたい。

彼の支えになりたいって、心から思った。

（お休みなさい。貴さん）

翌日、木曜日――。

思いがけず大々的になった宴の準備期間としては短かったことや、もともと詰まっていた仕事の予定とも相まって、俺は目まぐるしい一日を過ごすことになった。

それでも山貝さんには「急なことで申し訳ないのですが」と連絡をして、月見山課長には内緒で従業員さんに出欠《しゅっけつ》の確認を取ってもらえるように手配をした。

向こうにとっても驚くばかりの招待だったようだが、

「成長の証に、ぜひ月見山課長の接待・壮行会がしたいんですと部内で相談したところ、トントン拍子でこうなりました」

そう正直に伝えたら、すぐに理解を示してくれた。

電話口で容赦なく笑ってもくれたが、「そのときの光景が目に浮かぶようだよ」と納得してくれたので、

（それっていったいどんな光景を想像したんだろう？）

心配にはなったけど――。

でも、専務である山貝さんが全面協力を約束してくれたので、これに関しては深く考えないことにした。

そうでなくとも、俺には月見山課長やピタパンサンドのお礼の品選びもあったし――。

（――やった！　山貝さんから有力な情報をＧｅｔ《ゲット》！　ピタパンサンドをくれた石川《いしかわ》さんのお孫さんは、にゃんにゃんエンジェルズが大好きな三歳女児！　ここは下手なものを買うよりは、ニャンニャンのお菓子に父さんのところにある、手つかずの非売品を何かもらってラッピングしよう！　あとは、月見山課長は最近スパークリングワインをよく飲むよ

うになったらしいから、ここは詳しい人に予算を言って、贈答向きの銘柄を選んでもらおうっと！）

結局、そこも山貝さんにヒントをもらう形で、助けて貰うことになったからね！

そうして迎えた金曜日――。

俺は、仕事終わりの時間だけを伝えていた月見山課長を迎えに行くために、営業車で先方さんの最寄り駅へ向かった。

車体に会社のロゴが入っているタイプではないので、見た目は普通の軽自動車だ。

月見山課長は一応接待されることを意識していたのか、いつにも増してパリッとしたスーツにトレンチコートを羽織っていた。

それこそ足元の革靴からピカピカで――。

方針が変わってしまったとはいえ、行きつけの居酒屋さんの大部屋へ案内するのが、何やら申し訳なくなる。

けど、お料理やお酒に関しては、野原係長が大奮発《だいふんぱつ》して予約してくれているので、そこは満足してもらえるはずだ。

なんでも部の接待費だけでなく、鷹崎部長や横山課長、工場長までポケットマネーからいくらか出してくれたようで、野原係長は「お土産まで用意できる！」と大喜びだった。

しかも、自由参加で紛れ込む他部署の鷲塚さんたちも、参加費の半分程度は鷹崎部長たちのポケットマネーから恩恵を受けられるらしい。

〝さすがにそれは申し訳ないって!!〟

天堂さんたちからすれば、棚ぼたと言うよりは、恐縮してしまうだけだったようだが。

そこは、「いや。その分、何かの時に気持ちよく協力してくれればいいから！」と、野原係長に丸め込まれたようだ。

〝何かの時ってなんだよ⁉〟

これに関しては、法務部にいる天堂さんが一番疑心暗鬼になったようだが、その辺りは鷲塚さんに肩を叩かれて、

〝どうせ、何も奢《おご》られなくても、使われるときは使われますから！〟

そう、説得されたらしい。

まあ、社内にいたら助け合うのは当然だから、それはそうだけどね！

「へ〜。兎田くんは、この一年の間に、免許も取っていたんだ」

「はい。もともと一家に一台、一人に一台車を持っているようなところに住んでいるのも

あるんですけど。仕事で上司に運転をさせてしまうことが、ままありまして。さすがに、これではまずいってことで――」

「確かに。最初のうちはともかく、二年目、三年目となったら、気まずそうだもんね」

「本当に、そうでした」

そうして俺は、他愛もない話をしながら、月見山課長と目的地へ向かった。

一方、常務の山貝さん率いる社長さんと専務さん、そして急な誘いにも拘わらず参加してくださることになった石川さんたち十二名には、野原係長が送迎バスを手配してくれている。

ようは、その迎えが会社まで行くのもあって、月見山課長には最寄り駅まで出てもらったのだが――。

こうなると、山貝さんたちもノリノリでサプライズの仕掛け人になることを楽しんでくれていたようだ。

特に山貝さんは、日中俺にメールをくれたんだけど、

〝月見山課長がデート仕様かってくらい、めかし込んできた！　腹筋が崩壊しそうで昼飯が喉を通らない！　心配してもらって申し訳ないが、笑いを堪えるのに必死で、余計に顔色が悪くなりそうだから、ここで笑わせてくれ！　あっはははははっ!!〟

なんだかハイテンションを通り越して、日頃の落ち着きが崩壊していた。

余計に心配になったほどだ！

（よし！　無事に着いた。よかった――。これで事故なんか起こしたら、洒落《しゃれ》にならないもんな）

そうして車を走らせて、俺は西新宿まで戻った。

「すみません。車を社に戻しますので、ここからは徒歩でお願いしてもいいですか？」

会社から会場になっている居酒屋さんまでは、徒歩で五、六分程度だった。

俺は、車を地下の駐車場へ戻すと、月見山課長を案内しながら社内を通り抜けて、エントランスから表へ出る。

「いいよ。それにしても、こちらへ来るのは久しぶりだけど、相変わらず立派なビルだね」

「ありがとうございます――、あ」

ただ、エントランスから出て、直ぐのことだった。

頬に当たった突然の雨に、俺は慌てた。

こんな時に限って両手は荷物で塞がっているし、手持ちの鞄の中に傘もない！

天気予報を確認していなかった、痛恨《つうこん》のミスだ。

「すみません。タクシーを！」

「いいよ、兎田くん。直ぐそこなんだろう」

すると、月見山課長が自分の鞄の中から折りたたみ傘を出して、広げてくれた。

なんて準備がいいんだろう！

しかも、超スマートだ。

「ちょっと狭いけど我慢して」

でも、会場が直ぐそことはいえ、これだと月見山課長が濡れてしまう。

「とんでもない！　というか、俺はいいので月見山課長がさしてください」

俺は差し出された傘から出ようとした。

だが、そんな俺に月見山課長の傘が追いかけてきて――。

「気にしない。気にしない。それなら、店まで急いだほうが手っ取り早いから」

ちょっと濡れてしまった前髪を頬に張り付かせながら、笑ってくれる。

俺は、ここでも本当にスマートな対応だな――と関心しつつ、

「――はい。では、そうします」

これ以上遠慮しているとかえって濡れそうなので、足早に移動することにした。

そうして、居酒屋の前まで来ると、

「すみません。ここなんですけど……」

恐縮しつつも、俺は自ら扉を開いて、傘をしまった月見山課長を中へ案内した。

「兎田くんが選んでくれた店なら、どこでも大歓迎だよ」

「ありがとうございます。そう言っていただけると、助かります」

すでに顔見知りの店員さんが、「ご予約ですよね。お二階へどうぞ」と言って、階段のほうへ促してくれる。

(――あ。森山さんだ)

二階で待機していた森山さんが、俺に気づいて一笑した。

さっと部屋へ戻っていく。

「どうぞ、こちらです」

俺たちが襖で閉じられた大部屋の前に立つも、中には人が居るのかと思うほど静かだ。

「ありがとう」

(よし！)

俺は襖に手を掛け、思い切って開く。

それを合図に、森山さんたちが一斉に声を上げることになっていた。

「「「お疲れ様でーす！　サプラーイズ!!」」」

「――っ!!」

クラッカーはお店に迷惑になるので、その分拍手喝采《かっさい》でお迎えした。

ただ、双方の人間を合わせて、ざっと四十人近くいる室内は、俺が想像していたよりもインパクトがあった。

というか、知っていた俺でさえ一瞬ビクリとしたから、何も知らずに来た月見山課長は「ひっ」と声を上げて、一歩引いている。

「お疲れ、ドラ息子！」

「弟よ！　お気に入りの兎田くんとのドライブは楽しかったか〜っ」

「生きててよかったな〜！　兎田くん、実はまだ都内を営業車で走るのは、片手ほどの回数だってよ〜。あっはははははっ」

「――」

月見山社長と専務の声かけもさることながら、開口一番にそれをバラしちゃう⁉　っていう山貝さんのからかいがインパクトありすぎで。

月見山課長は、その場に立ち尽くしたまま唖然としていた。

「――っ、と、兎田くん？」

そして、ハッとしたあとに、絞り出すような声で俺を呼ぶと、

「すみません。でも！　家ではもう少し乗ってますから」

「いや、そうじゃなくて！　これ何⁉　百歩譲って、君の同僚がいるのはわかるけど、どうして親父や兄貴、山貝までいるんだよ⁉　ってか、うちの従業員まで？」

月見山課長は自社の三役さんという身内や石川さんを指差しながら、どうして？　なんで？　状態に陥ってしまった。

（――あれ？　これって駄目だったのかな？）

俺からすると、引っかかるところが、どうしてそこなのかがわからなくて、

「え？　駄目でしたか？　俺としては、この一年の成長を見てほしくて、先輩たちにも協力してもらって、この宴を準備したんですけど」

月見山課長とは別の意味で、どうして？　なんで？　状態に陥ってしまった。

エピローグ

最初こそ、どうして？　なんで？　状態の月見山課長だったが、その後はすぐに状況を理解し受け入れたのか、宴を楽しみ始めた。

俺もそれを見て安心すると、改めて月見山パンの人たちの席を回ってお酌《しゃく》をしたり、他愛もない話をしたりした。当然、仕事に絡む話もだ。

「あ、石川さん！」

あとは、改めて石川さんにもお礼を伝えて、用意してきたお土産を入れた袋も渡す。

「――え⁉　非売品玩具ですか？　いいんですか？」

「はい。メーカーさんからの頂き物なので、どうかなとは思ったのですが。お孫さんがお好きだと聞いたので、父に遊べそうな品を選んでもらったんです。ちょっと重たいですが、幼児用の知育玩具とのコラボで、応募者全員プレゼント？　みたいな感じだそうです」

「原作者のお父様自《みずか》ら――‼　それは、ありがとうございます。あ、よかったら、サインをしていただけますか？　きっと娘夫婦も家宝にすると思うので」

石川さんは、俺が思った以上に喜んでくれた。

同時に、仕事から離れたときには、こんなにも孫溺愛のおじいちゃんなんだな――って感じで、いっそう好感度が上がる。

とはいっても、まだまだ若いおじいちゃんだけどね。

「大げさですよ。それに俺は息子なだけですし」

「それでも構わないですよ。むしろうちには、そのほうが価値がある」

「もう！　石川さんってば！」

けど、話の勢いだとしても、求められるまま武蔵のノートに書いたようなサインをしていたところで、すでに俺は出来上がっていたんだろう。

素面《しらふ》なら絶対にしていないはずだ！

「えーっと、恐縮ですが。ここで先日いただきました、月見山パンさんの大ヒット中のピタパンサンドの感想を、発表させていただきま～す！　感想主は、我が家の弟たち六人で～す！」

しかも、こうなると俺は所構わず弟の話題かつ自慢に走る。

今日ぐらい誰か止めてくれたらいいのに、良くも悪くも「害がない話」なものだから、放置されていたっぽい。

──ひどいよ、鷹崎部長！

他はともかく、せめて鷹崎部長くらい、止めてくれたらいいのにさ！

「兎田くん！　それって、噂に聞いたハッピーレストランの食育フェアのきっかけになったとかっていう、レポート並みに手厳しい意見もちゃんと入ってる？」

「──え？」

「下の弟くんたちは、もう〝美味しい顔〟写真とか一言だけでも嬉しいけど、上の弟さんたちには、忖度《そんたく》抜きで率直な意見をバンバンぶつけてもらうほうが、今後の我が社のためになるからね」

それに、俺がもう酔っ払ってるってわかっていただろうに、山貝さんが突っ込んでくる。

というか、そんな話、いったいどこからどう噂になって広まるんだよ⁉

まさか、社長さんが本郷常務と仲良しだったとかって落ち？

それとも専務の長男さんが隼坂部長と？

──などと勘ぐっていたら、鷲塚さんが「いや、待った！」と、挙手をした。

「兎田家の子供たちは、すでに我が社の貴重なご意見番ですよ。企画開発部の俺の知らないところで、ランチタイム前には完売してしまうようなピタパンサンドで懐柔《かいじゅう》されても困ります！」

「それは嬉しいクレームですね。そうしましたら、今度は企画開発部さんの分も、兎田くんに預けておきましょう。あ、これは間違いなく袖の下ですからね！　今後ともよろしくお願いしますよ」

酔っているというよりは、ただのノリだろうが、いきなり山貝さんと盛り上がり始めた。

みんながみんな楽しくなっていたせいもあるだろうが、気がついたらピタパンサンドを差し入れてもらう約束を取り付けている。

「あー！　鷲塚さん、ちゃっかりしてる～っ」

「まあな～っ」

俺が突っ込んでも、鷲塚さんはどこ吹く風だ。

ちなみに――このへんの話は、翌朝鷹崎部長から聞いて知ったことだ。

何せ、俺自身は完全に酔っ払ってハッピー脳《のう》になっていたから、このあとに境さんまで合流したとか、その境さんが呼んでくれたハイヤーで鷹崎部長共々マンションへ送ってもらったとか、まったく覚えていなかった。

それこそ、意識がはっきりしてきたときには、鷹崎部長の腕の中だったし――ね。

「んんっ――っ。あっ……っ」

ただ、俺は酔うとけっこう大胆に求めるし、応じるしっていう癖があることは、すでに自覚していた。

だからか、鷹崎部長に抱かれている、愛されているって感じたときには、全裸でリビングソファに組み伏せられていた。

これってベッドまでの数メートルさえ待てずに、求めちゃったのかな？

だったら、どうしよう――。

けど、俺ならやりそう。絶対に「しない」とは言い切れないところが最悪だ！

「鷹崎部長っ……っ。いっ……お腹に……っ、くるっ」

「もっと奥まで――、入れるぞ」

「あ――、ひゃっ！」

身体を折られて、両足を広げられて――足の付け根が痛い。

でも、その分覆い被さる鷹崎部長自身が、凄く奥まで潜り込んでいて、今にも俺のお腹を突き破りそうだった。

「んんっ……、あんっ」

肉壁を擦りられて、それが熱くて、痛くて。

それなのに、酔いで火照った身体には、ビリビリとした痺れにしか感じられない。

（——気持ちいい。こんな感じ、初めて？）

俺は、もっと強い快感を求めて、自然と腰を揺り動かしていた。奥のほうから鷹崎部長自身を誘い込むように、自分の中で肉癖が収縮しているような気もする。

なんだかすごく、いやらしい。

それなのに、もっと強い快感を求めるてうねる身体の動きが止まらない——。

「あんっ……っ。鷹崎部長っ……っ」

「なんだ、もっとほしいのか？　本当に寧は、ビックリするほど淫乱《いんらん》になるときがある」

「やっ……、そんなこと……、言わないでっ。ごめんな……さい」

言われても事実だから仕方がない。

そう、わかっているのに、言葉にされると胸が傷む。

だって、淫乱なんて言われたら、背徳感《はいとくかん》を刺激されて、かえって背筋がゾクゾクしてしまうから——。

「謝ることはない。今夜は俺がどうかしてるんだ」

すると、限界まで差し込んだところで、鷹崎部長が俺に覆い被さり、俺の頬にキスをしてきた。

「寧のことが、好きで好きでたまらない。愛おしくて、一生大事にしたくて……。それなのに、こうして力任せに愛したくなる」

濡れた舌が這わされて、頬からこめかみ、こめかみから額を愛して、いっそう俺の理性を壊していく。

「……っ、鷹崎部長っ」

俺は、もっと深いキスがしたくて、両腕を鷹崎部長の肩へ掛けた。

力いっぱい引き寄せて、自分のほうから唇を押し当てていく。

――チュッ。

軽い音を立てたあとには、唇を割り、歯列を割って。自分の舌で彼の舌を絡め取り、まるで肉壁で鷹崎部長自身を飲み込むのと同じような動きをする。

すると、キュッ――っと、俺の中がきつく締まる。

いっそう鷹崎部長自身を感じて身体の火照《ほて》りが増す。

「……なんだ。こんなにひどくされても嬉しいのか？」

俺の舌から逃れて唇を放した鷹崎部長が、ククっと笑った。

けど、俺にそう聞くけど、鷹崎部長も嬉しいよね？

今、俺の中でビクンと震えて、堅く、大きくなった。

そして、それは俺自身にも言えることで――。

「だってっ……鷹崎部長が、俺しか見ていないから」

鷹崎部長が再び下肢を動かし、小刻《こきざ》みに抽挿を始めた。

「俺のことしか求めていなくて、俺でしか感じていなくて……。こんなに、嬉しいことって……ないから」

俺は彼の腹部で擦られ、耐えきれなくなった自身を、呆気《あっけ》なく爆発させた。

それでも止まることのない彼の動きが、腹部に蒔かれた白濁《はくだく》を広げて、その滑りと生暖かさがいっそう俺を、いや俺たちを刺激する。

「そうか――。ありがとう」

鷹崎部長の動きが次第に大きくなっていく。

俺はこの瞬間、彼の絶頂が直ぐ近くまで来ていることを身体で感じていた。

「あんっ、あっ――、んん……っ」

なぜならそれは、更なる俺の絶頂でもあるから。

肉体で満たされて、また彼をいかせたという自信に満たされる、それこそ至高の――。

「鷹崎部長っ……っ!!」

翌朝、カーテンの隙間から差し込む朝陽で目が覚めると、俺は鷹崎部長の部屋のベッドで寝ていた。

ちょっと動かしたら、身体中に鈍痛を感じる。中でも股間？　一気に俺の頬が火照る。

（身体のあちこちが軋んでる気がするんだけど……。これって、し過ぎたからかな……）

俺を腕に抱きながら眠り続ける鷹崎部長は、いつ見ても素敵だ。

男らしい体つきなのに、それでいて綺麗だと感じる。

俺は、厚い胸元に顔を寄せて目を閉じると、この瞬間、世界中に自分たちしかいないような錯覚に陥る。不思議な、それでいて至福なひとときだ。

（鷹崎部長――。好き）

ＲＲＲＲ……ＲＲＲＲ……。

（電話？）

俺のスマートフォンが鳴ったのは、このときだ。

しかも、俺がベッドヘットに置かれたそれに手を伸ばしていると、続けて鷹崎部長のそれまで鳴り始めた。

〝にゃんにゃんにゃん♪　にゃんにゃんにゃにゃにゃん♪〟

「きらら!?」

これには鷹崎部長がパッと目を開く。

俺たちは、ほぼ同時に自分のスマートフォンを手に取り、反射的に「もしもし」と言って電話に出た。

(うわっ！　何が起こったんだ!?　誰か倒れたのか？　頼むから、無事でいてくれ！)

俺と鷹崎部長のスマートフォンに、ほぼ同時にかかってくるなんて、否《いや》な予感しかしない。多分、鷹崎部長もそれは同じだろう。「もしもし」と言ったあとは、自然に「どうした!?　何があった？　兎田さんは？」と続く。

俺も「誰!?　何？　どうしたの？」と、似たようなものだ。

〝ひとちゃん！　すごいよ、おっきな電車来た！　ピカピカの電車！〟

〝パパ！　パパ!!　お家の裏に、お家が来た！　お家が走って来たっっっ！〟

〝バウバウ！〟

〝パウパウ〟

〝寧くん！　みっちゃんが送ったメール見て！　鷲塚さんのパパが、すごいの持ってきたよっ！　とにかく見て！〟

〝ひっちゃーっ！　きっパーっ！　きゃ〜っっっっ〟

「「⁉」」

ただ、俺たちが発した声は、ほぼ同時に発せられたちびっ子達の声にかき消された。

もはや、誰がどこに向かって何を話しているのかわからない。

みんなで集まり、家の子機ときららちゃんのスマートフォンから、同時にこちらへかけたのだろうが、謎なワードが多すぎる。

俺は、鷹崎部長に目配せをすると、いったん自分の通話を切って、充功が送ったというメールを開いた。

おっきな電車が来たとか、ピカピカとか、何より家が走って来た？

まったく意味がわからない。

しかし、その答えはすぐに何枚かの画像によって、説明される。

「え⁉　あ、これっ。鷹崎部長！　電車！　家！　確かにピカピカ！」

「――は？」

「あ、すみません。形が似ているから、武蔵が見たらピカピカな電車ってなるだけで、確かコンテナハウス？　いや、トレーラーハウス！　だから、家が走って来たんですよ！」

俺は、ちびっ子と大差ない語彙力で捲し立てると、添付された写真画像を鷹崎部長にも見せた。

「――っ⁉」

これには鷹崎部長も両目を見開いた。

驚きすぎて、通話を切ってしまったほどだ。

けど、それはそうだろう。

何せ、鷲塚さんのお父さん――家守社長が先日買い取ったという我が家と隣家の裏二軒分の空き地に、ステンレスのようなピカピカボディで、ちょっと角が丸みがかった電車みたいなトレーラーハウスが、ドンと駐められているんだ。

それも、どちらかと言えば、うちの裏よりかな？

車内の写真もついてきたけど、壁、床、天井がウッドパネルで統一された、まるでログハウスの内装だ。

パッと見てもベッドにリビングダイニング？　キッチンには二口コンロに冷蔵庫や電子レンジも備えられており、これだけ見ても立派な１ＬＤＫの住宅だ。

「――家守社長？」

鷹崎部長は「いったい、何をしてるんですか？」って言いたげに、眉を顰めた。

俺も気持ち的には鷹崎部長と同じだが、それを口にする前に、メール本文に目を通す。

すると、一応このハウスが持ってこられた理由？　説明っぽいことが書かれていた。

「えっと、家守社長曰く、お隣の施工期間は最低二ヶ月を見積もり。思ったより時間がかかるのは、スケルトンリフォームのためだそうです」

「スケルトンリフォーム？」

俺は、おそらく士郎が説明をギュッとまとめて、それを充功が打ってくれたんだろう本文を、更にかいつまんで読み上げた。

「はい。ようは、一階の間取り替えと一緒に、最新の耐震プラス、水回りの配管工事なども入るタイプのリフォームってことで、これだけの期間を見てほしいってことのようです。これは、おじいちゃんが〝どうせなら長く住めるように、頑丈さもプラスしてほしい〟みたいな希望を出したからだと思います。ただ、工期が長いので、裏の空き地に、おじいちゃんたちが仮住まいにできるようなログキットハウス？　いずれは事務所用のハウスの設置を検討しているそうで――――。今日のトレーラーハウスは、それを建てるまでの代役として置くことにしたようです。ただ、充功が思うに、それは大人の建て前で、本心はちびっ子わんにゃんを楽しませたい、なんなら鷲塚さんとナイトの別荘じゃね？　だ、そうです」

ピカピカの電車やら家が走ってきたに比べれば、まだ――――とは思う。

だが、それでもかなりのパワーワードが目につく文章だ。

「……いや、楽しませたいレベルが違うだろう。鷲塚の別荘だとしても――、なぁ」

鷹崎部長もこのパワーに当てられてか、がっくり肩を落とす。

ただ、俺自身は、それさえ超えた気持ちになってきた。

だって、これはもう、本物を見ないことには――って、案件でしょう。

「裏の空き地を買ってしまった時点で、俺たちがレベルを心配しても……」

「まあ、そうか」

「とにかく、直ぐに帰りましょう。実物を見ないことには、ピンとこないというか。確かに画像はうちの裏なんですけど、この目で見ないことには、合成を疑うレベルですし。多分、ご近所さんも驚いていると思うので」

俺はスマートフォンの画面を閉じると、鷹崎部長に帰宅を急いだ。

「――そうだな。そうしよう」

これには鷹崎部長も同意し、俺たちは昨夜の余韻もぶっ飛ばして、すぐに着替えて向かうことにした。

なんだか本当に慌ただしい。

しかし、こうした慌ただしさの中でも、俺たちの同居は具体化してきた。

夢の結婚生活——と言っていいのかな?

一歩一歩、近づいてきていた。

部下と婚約

～夏の夜に～

（いったい、何がどうして、こうなった――？）

深夜に帰宅した俺こと鷹崎貴《たかさきたかし》は、片手に成人男性、片手に二人分の荷物を抱えて、玄関扉の鍵を必死で開けていた。

「ふふふふっ。鷹崎部長、だーい好き！」

「わかったわかった。ありがとう。ほら、今だけでいいから自立しろ」

「はーいっ」

月見山《やまなし》パンとの宴を終えた俺は、部下であり婚約者でもある兎田寧《とだひとし》と一緒に、途中で現れた境《さかい》が呼んだハイヤーで、麻布《あざぶ》のマンションまで送ってもらった。

しかも、半分持つと財布を出したら、そこは「ついでですから」と断られた。

境本人が住む希望ヶ丘のマンションとは、方向違いもいいところだろうに、何がついでなんだか。

この借りは、すぐにでも仕事で返さないといけない。

まあ、あいつは貸し借りなんて関係なく、人使いが荒い。

これに関しては、間違いなく血統だろうけどな！

「ほら、開いた。段差に気をつけて上がれよ」

「はーい。ただいま～っ」

寧は誰もいない玄関で、靴を脱ぎながら、嬉しそうに挨拶をする。

そして、ご機嫌を絵に描いたような笑顔とヨタヨタした足取りで、リビングダイニングへ進んでいった。

こんなに見事な千鳥足《ちどりあし》は、今どき見ない。

今にも転びそうで転ばないのは、大したバランス力だ。

だが、その後ろ姿に、どうしてか七生《ななお》くんがわざと身体を左右にフラフラさせながら、遊び歩く姿が重なって見える。

摩訶不思議《まかふしぎ》な現象だ。

「お義兄《にい》さん、お義姉《ねえ》さん、ただいま戻りました～。お休みなさーい」

「おいっ！」

しかし、当の寧はリビングに置かれた兄夫婦の仏壇《ぶつだん》に声をかけると、そのままソファへ腰を下ろして、横になってしまった。

俺が荷物を置いて側へ寄ったときには、すでに眠ってしまっている？

長い睫《まつげ》だ。綺麗すぎる寝顔がそこにある。

「――しょうがないな」

とはいえ、普段どおりに生活をしていても、寧はダブルワークどころではない多忙さだ。

そこへ、今週は頭から誤配送のトラブルやフェア用の相談。

以前の担当者の接待に、一日がかりで幼稚園から中学までの授業参観。

その上保護者同士のトラブルとフルセットだ。

あ、犬飼《いぬかい》の見舞いもあったが、トドメが今夜の接待飲み会だ。疲れないわけがない。

むしろ、ここまで気持ちよく酔って、気分が悪くなることもなく、寝落ちができるのなら才能だ。

〝ブラコン〟に拍車がかかったところで、周りを笑顔にすることはあっても、機嫌を損ねることもないしな。

「寧。スーツが皺《しわ》になるから脱がせるぞ」

「ん～っ。鷹崎部長……っ。好きっ」

しかも、酒が入ると性欲に素直になるなんて、俺にとってはいいこと尽《づ》くしだ。

「寧――」

上着を脱がせると、しきりに腕を絡めてくる寧を抱き留めて、キスをする。

「んっ……っ」

半分寝ぼけている状態だが、それでも俺の唇を、そして舌を絡め取ろうとしてくる強欲《ごうよく》さは、なかなかのものだ。

俺は、一度唇を放すと、自身の上着を脱いで床へ落とした。

「我慢しないぞ——。誘ったのは、寧だからな——」

「……んっ……っ、んんっ」

今一度唇を合わせて、まずは自分のネクタイを解いていく。

首元が開放されたためか、俺自身の気持ちも緩み、求めるままに寧の胸元からズボンのベルトまでを寛《くつろ》いでいく。

だが、不意に月見山課長の顔が思い浮かんだのは、このときだ。

（残念だな。寧は俺のものだ）

俺の中で抑えてきた邪心《じゃしん》が、どこからともなく込み上げてくる。

寧にとっては〝仕事でお世話になったいい人〟以上でもなければ、以下でもない。

それはわかっているのに、どうにも怒りや腹立ちが収まらない。

出会いの順など、恋の行方《ゆくえ》とその結果には、まるで関係がないというのに——。

（あそこで、堂々と決着が付けられなかったことが悔しいのか、それともあいつらに変に気を遣われたことが気に入らないのか――）

俺は、寧を求めながら、つい先ほどのことを思い起こしてしまった。

＊　＊　＊

勝手に想像させてもらうなら――。

今回の帰国を機に、断頭台《だんとうだい》に立つ覚悟で寧を誘った月見山課長からすれば、当の寧が全身全霊で感謝を込めて接待しようと頑張った結果が、この大宴会なのか――!?

そう知ったときが、一番の修羅場《しゅらば》だっただろう。

なぜなら、兎田には自分に対して、好意があっても仕事上のものでしかない、一個人に戻ったときの月見山という男には、まったく興味がないのだと、本人が無自覚のうちに示していたからだ。

しかし、これを簡単に受け入れ、認めることができるなら、そもそも寧に告白しよう、場合によっては、プラベートで新たに近しい関係を築こうなどという、夢や希望――それさえ超えた覚悟は持たないだろう。

月見山課長からすれば、思いがけない寧からの迎えのドライブも、急な通り雨のおかげで楽しめただろう相合い傘も、すべてが恋の女神が微笑んだ瞬間だ。

まさか迎えのドライブが、その日の寧の外回りを一番理解しているだろう直属の上司である野原《のはら》係長のシナリオだとは思わないだろうし。

天が恋する男の味方をしたような通り雨での相合い傘の状況さえ、二人の到着を待っていた森山《もりやま》が待機していて、今回のしきり役となった野原係長へ逐一連絡をしているなどとは、想像さえできないだろうからな。

――というか、これらをいちいち報連相《ほうれんそう》された俺だって、ビックリだ。

それこそ場が場でなければ、「よくも俺に黙って、そんなドライブを仕組んだな！」と、野原係長の胸ぐらを掴んでやりたかったし。

森山にいたっては、「そんな報告をしてくるぐらいなら、とっとと寧に傘を持って行ってやれ！」と叫びたかった。

しかし、今夜の俺は、月見山パンへの謝罪がメインで、設けられた席には月見山の三役と工場長が一緒だった。

身動きが取れないところでできることなんて、

（元を正せばカエルのせいだろうに！　なんで肝心《かんじん》なカエルがいねぇんだよ！）

せいぜい胸中で愚痴るか、卓の下で作った握りこぶしを震わせるくらいだ。

その上、月見山課長が到着したらしたで、三役までもが大はしゃぎだ。

「お疲れ、ドラ息子！」

わかってるなら、野放しにするな父親社長！

「弟よ！　お気に入りの兎田くんとのドライブは楽しかったか～っ」

そもそもその〝お気に入り〟っていうのは、どういう意味なんだ？

ドライブは楽しかったかって、そんな台詞は新車の初乗りか、初めてのデートか何かで聞くことじゃないのか？　長男専務！

「生きててよかったな～！　兎田くん、実はまだ都内を営業車で走るのは、片手ほどの回数だってよ～。あっははははっ」

それは冗談でも言っていいことじゃないだろうが！

何を考えているんだ、現担当者常務！

よりにもよって、寧絡みだというのに、俺にしてはよく耐えた。

これが自社の三役だったら、間違いなくその場で胸ぐらを掴んでる。

だが、こんな俺の気も知らないで、そこから月見山パンの奴らは、月見山課長を連れて来た寧に懐《なつ》きまくりだ。

入社当時から社を挙げて可愛がってくれていたんだろうが、それにしたってどさくさに紛れて「仕事が辛くなったら、いつでもうちに来なよ」って言ったのは、どこのどいつだ！

いっそ寧の担当先を代えてやろうかと、公私混同なことまで考えそうになったぞ！

（――ふんっ!!）

もちろん、そんな寧に知れたら呆れられるような私情は挟まない。

月見山パンには石川《いしかわ》さんのような人もいる。

先日のピタパンサンドには俺の夕飯が助けられたし、きららが「美味しい」と言って喜んでいた笑顔は本物だ。

むしろ、こうなったら嫌がらせかってくらい、俺も今回のフェア用値引きには、知恵とコネを使ってやろうかと考えたくらいだ。

（ん？）

だが、作った拳を何度も握り直していた俺が、ようやく席移動などで三役と工場長から解放されたときだった。

いつの間にか宴の場から月見山課長が姿を消していた。

よく見れば、寧の姿もない。

（――!?）

それに気づいた瞬間、俺は慌てて寧を探しに席を立った。

「鷹崎部長？」

「あ、手洗いだ」

「それでしたら一階も二階も階段の横になりますよ」

「ありがとう」

咄嗟に誤魔化した俺に、側にいた横山課長が気を利かせてくれた。

そこに感謝しつつ、俺はまずは二階を、そして一階を探して回る。

だが、思いのほか広い店内だったがどこにも見つからず、俺は目についた出入り口に意識を向けた。

（まさかな？　――いや、いた！）

半信半疑で店から出てみると、寧は月見山課長と外にいた。

すでに通り雨の名残もなく、夜空もネオンで明るい。

そんな中、出入り口から少し離れた歩道の隅で、奴と立ち話をしている？

すでに弟たちの話を嬉々として語り始めていた寧が、自分から奴を外へ誘うことは考えづらい。

しかも、なんの話をしているのか、奴が寧の手を握ってる⁉

（このっ！）

俺は、怒りで血管がキレそうだった。

「そこで何をしている！」

「これ、婚約指輪の代わりなんですよ～」

「兎田！　こんなところで何してるんだ」

声を荒らげて足早に歩み寄る。

しかし、ほぼ同時に上がった声のために、俺の声は届かなかった？

月見山課長は、むしろ会社のほうからやってきた境のほうに気を取られた。

そして、もしかしたら、酔った勢いで、自分から時計を見せていたかもしれない寧も、

「あ、境さ～ん。今お帰りですか～？」

やはり境のほうに気を取られた。

こればかりはそれぞれの立ち位置と、寧たちが向いていた方向の問題だろう。

しかも、第一声を躱された俺は、叫んだ瞬間、いきなり背後から腕を掴まれ、ビルの脇道へ引っぱられていた。

寧たちが気にしたところで、視界から消えている。

「鷹崎部長。気持ちはわかりますけど、ここは境さんに任せましょう」

「鷲塚《わしづか》!?」

「月見山課長には、きっと今の〝婚約指輪〟と寧の笑顔で、充分トドメになってますよ。むしろ、ここで出ていったら〝俺の婚約者です〜〟って、紹介しかねないですから。よっぱらった寧の癖、理解してるでしょう」

俺の腕を掴んだまま、説得をしてきたのは鷲塚だった。

「うっかり弟から鷹崎部長にスイッチが切り替わったら、ここから大のろけが始まるだけですよ。鷹崎部長としては喜べるでしょうが、でも、そうなったら今はまだ、まずいでしょう」

いつもどおり理路整然とした説明だ。

しかし、俺は鷲塚の言葉が引っかかり、感情にまかせて腕を振り払う。

「寧が惚気《のろけ》ることで、二人の関係がバレることがまずいんじゃないんです。少なくともこの報告は他社の月見山課長より、俺たちが先に聞くべきだろう、鷹崎部長と寧が揃ったところで、直接聞かせてほしかったと、絶対に根に持つ者が、ここには山ほどいるのを忘れちゃ駄目ですよ」

鷲塚は俺の考えを見越した上で、正論をぶつけてきた。

それも悪意のない、むしろ好意しかない上での正論だ。

だが、可愛さ余って憎さ百倍なんて言葉があるぐらいだ。

ここで根に持たれるのは、本意ではない。

俺はともかく。寧のことを考えれば、なおのこと――。

「天堂《てんどう》さんたちだって、そこは同じだと思います。特に今、寧は充子《みつこ》さんと交際中。鷹崎部長は、社外に交際中の方がいると思ってますしね」

ここで真顔で「充子さん」と言われたからか、俺の緊張は一気に解けた。

いきがかりとはいえ、あのでっち上げ話を信じている者が少なからずいる限り、確かに不義理《ふぎり》はできない。

せめて、「あれは嘘でした。行きがかりです。すみません」と謝罪するなら、俺たちの関係をきちんと説明した上でのことだろう。

俺は、鷲塚に向けて軽く会釈をした。

「――悪かった。熱くなりすぎた。ありがとう」

「いいえ。俺のほうこそ、すみません。ただ、酔っ払った寧なら、何を言ってもある程度訂正は利きますが、鷹崎部長はそういうわけにはいかないですから。たとえ、酒の席であっても」

鷲塚も、俺が落ち着いたことに安堵していた。

けっこうな力で掴んできた、俺の腕も気に掛けてくる。

「そうだな――。心しとくよ」

「お願いします」

そうして話がつくと、俺たちはどちらからともなく、脇道から歩道を覗いた。

改めて三人の様子を窺うと、寧が二人の間に立っている。

「あ、紹介しますね。こちら、俺がお世話になっている月見山パンさんの社長次男さんで、月見山課長。そして、こちらは俺の同期で業務部の境さん。弊社《へいしゃ》社長のお孫さんでーす！」

「――!!」

浮かれて境と月見山課長を紹介していたが、これはどうなんだ？

まさか、同じ社長子息ですよ――とでも、言いたかったのか？

さすがに月見山課長の顔色が一気に変わる。

俺の隣では、鷲塚が「うわっ。寧っ」と頭を抱えていた。

「どうも。いつも、お取り引きをありがとうございます。しかも、うちの兎田が、大変お世話になっているようで――」

「こ、こちらこそ」

しかも、こういうときの境のマウンティングは容赦がない。

まるで一国の王子が、町長の息子に挨拶をするような目線だ。

向こうからも寧が口説《くど》かれているか、迫られているように見えたのだろうが、「うちの兎田」の「うちの」にものすごい圧《あつ》をかけた言い回しだ。

「あの言い方だと、境さんが婚約者だと思われそうですね」

それもどうなんだよ――ということを、鷲塚が言う。

しかし、一瞬でも同じことを思った俺には、責められない。

境としては、寧や俺に気を遣っているつもりだろうが、月見山課長からすれば、そうは取れないだろうからな。

「そうしたら、境さんも一緒に飲みましょうよ！　鷲塚さんたちもみんないますし、一人増える分は、俺がお店方と野原係長に伝えて、了解を得ますから～」

だが、こんな状況の中でも、酔った寧のマイペースは神がかっている。

「いや。それより、お前。凄い出来上がってないか？　すみません。もう弟の話はでましたか？　兎田。今夜は何番目の弟の話までしたんだ？　二番か？　三番か？」

「あ、そうだ！　双葉の話しなきゃ。ささ、中へ～っ」

「っ……っ」

寧に合わせる境もどうかと思うが、すっかり精気《せいき》をなくした月見山課長の背を押し、腕を引っ張り、店の中へ戻って行く。

「よかったですね。完全にスイッチが切り替わって。あれなら婚約指輪の話はもう出てこないですよ。境さんの機転のよさは、さすがですね」

「そうだな」

ここで俺が接待中の相手をぶん殴るという最悪の事態は逃れた。

俺が贈った腕時計が、婚約指輪の代わりだという話も、ここからはなかったことになるだろう。

「さ、俺たちも中へ入りましょう」

「――ああ」

俺は、溜め息交じりで返事をすると、鷲塚と共に宴の場に戻った。

「鷹崎部長……。お腹の具合でも？　これ、市販薬ですが、よかったら」

「あ、ありがとう」

席には俺を気に掛けていただろう横山課長が、申し訳ないくらい心配をして、胃腸薬や腹下しの薬を渡してくれた。

（あそこで、堂々と決着が付けられなかったことが悔しいのか、それともあいつらに変に気を遣われたことが気に入らないのか――か）

俺は今夜のことを思い起こしながら、ソファで寧を抱いていた。

＊＊＊

「んんっ――っ。あっ……っ」

ベッドへ連れていく余裕もなかった。

この場でほしくて、寧の衣類を剥ぎ取った。

そして、寧も肌を求めたので、俺も脱いだ。

そこから絡み合う姿は、まるで獣《けもの》だ。

俺は、酔いが抜けきれていない寧の身体をむさぼり、一つに繋げる。

「鷹崎部長っ……っ。いっ……お腹に……っ、くるっ」

それにしたって、結局俺は誰に対してモヤモヤしていたんだかかな？

寧自身は、今もさっきも、俺しか見ていない。

俺しか愛していないし、求めていないというのに――。

俺の知らない入社時代の寧を可愛がってきた、月見山課長にか？

たまたま耳にした〝婚約指輪〟の一言だけで、状況を察して、危機回避をしてくれた境にか？

それとも、俺まで消えたことに気づいて、あとを追ってきた。あの場にいた人間すべての心情を瞬時に理解し、完璧なフォローをしてくれた鷲塚か？

もしくは、目の前にいるだけで、誰彼《だれかれ》構わず惹きつけてしまう寧本人か？

「もっと奥まで――、入れるぞ」

「あ――、ひゃっ！」

本当に――今夜の俺は、いったい何が不満なんだ？

いや、不満など一つもないはずだ。

あるとするなら、俺の中に燻《くすぶ》る醜い嫉妬心。

一瞬とはいえ、愛する者を雁字《がんじ》搦《がら》めにして、どこにもやりたくない。

誰にも見せたくない。

いつもこうして、俺だけの腕の中に閉じ込めていたい。

そうした思いを消すことができない、傲慢さや独占欲だ。

「……っ、鷹崎部長っ」

寧が、より深いキスを求めて、両腕を俺の肩へ掛けた
俺は、力いっぱい引き寄せられて、寧から向けられる柔らかくて、それでいてしっとりした唇を受け止める。

——チュッ。


軽い音を立てたあとには、どちらからともなく、歯列《しれつ》を割った。

舌と舌を絡ませ合う。

これがいいのか、寧の中がいっそうきつく締まる。

俺からすれば、この世で唯一無二の極楽だ。

「……なんだ。こんなにひどくされても嬉しいのか？」

寧の舌から逃れて唇を放す。

全身で俺を感じて、喜んでいるのがわかる。

「だってて っ……鷹崎部長が、俺しか見ていないから」

寧は、どんなに俺が獣になっても、また心の狭い、ひどい男になっても、それが自分への愛の証《あかし》だと受け止めて、悦《よろこ》んでくれる。

「俺のことしか求めていなくて、俺でしか感じていなくて……。こんなに、嬉しいことってて……ないから」

確かに、これも愛と言えば愛だ。

俺の寧への愛が強ければ強いほど、どうしようもなく駄目になっていく自分を幾度となく実感してきたが。

すべて、寧への思いがなければ、生まれていない感情だ。

「そうか――。ありがとう」

「あんっ、あっ――、んん……っ」

本当に。いったい、何がどうして、こうなったのか――？

「鷹崎部長っ……っ!!」

「愛してる。寧」

今夜も俺はただの獣だ。

「――俺もです。貴……さん」

「好き……。大好き……です」

「俺もだ、寧――」

それ以上でも、それ以下でもない、寧だけの獣だ――。

あとがき

こんにちは、日向《ひゅうが》です。このたびは「上司と婚約Dream《ドリーム》6」をお手にとっていただきまして、誠にありがとうございます。

婚約Dream《ドリーム》編もSPECIAL《スペシャル》を含めて七冊目となりました。

なんとなく恋愛編から七冊刻みで次のステップへ進んでいるので、丁度いいかな――と思い、今作にて一区切り。次回からは婚約Try《トライ》編へ、まさにトライしていこうと思っております。

――まだ続くのか⁉

どこからともなく、そんな声が聞こえてきそうですが、リフォーム完成&同居を目指してお話は進みます！

ただ、私自身はけっこう最近まで「同居がゴールだろう」と思って書き進めてきたのですが、どうも耳に届いてくる読者様のお声からすると、「早く同居して！　そして、今以上に、ちびっ子たちとわちゃわちゃ生活を見せて!!」とのことで……。

――え、ＢＬなのに？　恋愛もののゴールは結婚なんじゃ!?　と、若干困惑（汗）

しかし、思い返すまでもなく、そもそも大半の方がこの話を〝恋愛もの〟としては読んでいないわけで……。

そ、そうなのか……と、いったん考えをリセット。

結婚ゴールはあくまでも自分の節目としてのゴールであって、そこへ辿り着いたときに、まだ需要があれば新たなスタートを切ることを夢見て、書き続けていくのもいいのかな？

そして、結婚編まで書き続けることを目指して、婚約編をきちんと書き上げることを試みてもいいのかな？

――なんて考えたので、今作のプロットを作るときに「もし続いたら、こんなエピソードも書けるな」というネタ出しをしてみました。

すると、意外とネタがありました（汗）

さすが大家族――一人一つのネタでも、家族分あるというオチです。

とはいえ、商業ばかりは出してみないとわからない上に、コロナ禍からいっそう厳しくなってしまった昨今。なので、とにかく一作一作を大切に書いて、少しでも先の未来へ繋げられるように頑張れればと思います。

商業執筆二十六年目に突入し、恐れ多くも三十年を目指そうとしている、これが今の私の「ドリーム&トライ」ということで！

（ん？）

――と、新たな決意を書いておりましたら、背後から肩を叩かれました。

「また、お前か？　今回はちゃんと鷹崎視点も書い……エリザベス!?」

「バウバウ！　バウ！」

「パウ！」

エイト共々、親子揃って、今回は「いってらっしゃい」などしか吠えていないことが、不服だったようです。そんなこと言ったら、じじばばも似たようなものだけど？

特にエイトは、士郎本に登場していないため「見せ場をください」の主張が激しいです。

「え？　そうしたら、狂犬病の予防接種を受けに行く話とか入れたほうがよかった？　エイト、注射デビューおめでとう！　とか、盛大に書いた方がよかったかな？　生後半年になったし、そろそろだよ」

「パウ～っっっ!!」

「おおんっ！　おおんっ!!　おお～っっっん！」

――親子揃って逃げました。

でも、予防接種は大事だから、ちゃんと受けないとね！

それにしても、今回執筆で一番ワクワクしていたのは、支配者・士郎でしょうか（笑）

鷹崎視点は、ギリギリになって私が奴に乗っ取られた感じで、本来予定していなかったのに書いたのですが――。

しかし、私の密かな熱意が通じてか、もしくはバレバレだったのか、担当様が口絵指定をしてくださったときには、小躍りしました！

――あ、やっぱり恋愛ものからは遠かった（笑）

でも、これはこれで今どきの多様化ＢＬの一本として認知されたらいいな、と願いつつ。

最後になりましたが、今作も素敵なイラストを描いてくださったみずかね先生、そして担当様並びに本書に関わってくださった皆様、何よりここまで読んでくださった、あなた様！　ありがとうございます！　本当に感謝でいっぱいです!!

また大家族で、ときには他のシリーズで、お会いできますように――。

日向唯稀

セシル文庫をお買い上げいただき、ありがとうございます。
この本を読んでのご意見・ご感想・ファンレターをお待ちしております。

☆あて先☆
〒154-0002　東京都世田谷区下馬6-15-4
　コスミック出版　セシル編集部
「日向唯稀先生」「みずかねりょう先生」または「感想」「お問い合わせ」係
→Eメールでも OK！　cecil@cosmicpub.jp

セシル文庫

上司《じょうし》と婚約《こんやく》 Dream《ドリーム》^{6} ~男系大家族物語《だんけいだいかぞくものがたり》21~

2022年8月1日　初版発行

【著者】　日向唯稀《ひゅうがゆき》
【発行人】　相澤　晃
【発行】　株式会社コスミック出版
〒154-0002　東京都世田谷区下馬 6-15-4
【お問い合わせ】　-営業部-　TEL 03(5432)7084　FAX 03(5432)7088
-編集部-　TEL 03(5432)7086　FAX 03(5432)7090
【ホームページ】　http://www.cosmicpub.com/
【振替口座】　00110-8-611382
【印刷／製本】　中央精版印刷株式会社

乱丁・落丁本は、小社へ直接お送り下さい。郵送料小社負担にてお取り替え致します。
定価はカバーに表示してあります。

ISBN978-4-7747-6400-9 C0193